Herzenskraft

Geschichtensammlung

INHALTSVERZEICHNIS

Herzenskraft	6
Der Holzfäller und der Riese	6
Die Glücksbohnen	8
Worte in Sand und Stein	9
Bambus und Farn	10
Die volle Tasse	11
Liebe Mutti, lieber Vati!	12
Der Heißluftballon	13
Gerüchte einsammeln	14
Die Hölle	15
Katze malen	16
Die Maulwürfe	16
Die Ameise und der Frosch	17
Die Affenherde	18
Die fünf Affen und die Bananen	19
Die vier Kerzen	20
Echo des Lebens	21
Das Experiment	22
Die Wunschfee	23
Spuren im Sand	25
Die kleine Schraube	25
Frösche in der Milch	26
Nur Steine	28
Der Stundenlohn	29
Die zwei Brüder (Berg Morija)	30
Die Rezession	31
Zeit stehlen	32
Der alte Großvater und sein Enkel	33
Das Bild vom Frieden	35
Der König und sein weiser Berater	36

Die drei weisen Alten 37

Der Anruf 38

Die sieben Weltwunder 39

Das Krankenzimmer 40

Der kleine Zirkuselefant 41

Traumdeutung 43

Der Hammer 44

Das Wettrudern 44

Die Senfkörner 46

Der Hase und die Möhre 47

Der König und der Schuster 48

Der Rückblick 50

Loslassen und Vertrauen 51

Gelassenheit 52

Der Weise und der Diamant 53

Das Brot des Glücks 54

Wie ein Weiser regiert 56

Das Gasthaus zu den fünf Glocken 57

Die Schlange und das Seil 58

Die Blinden und der Elefant 59

Der Schafslöwe 60

Das Wasserloch in der Oase 61

Die Palme mit der schweren Last 62

Die Weinrebe 63

Der Schrank des Kaisers 64

Die Schildkröte 65

Die Luftballons 65

Der Esel im Brunnen 66

Herzenskraft

Ein Mann arbeitete bei einer großen Firma im Innendienst. Als er sich eines Tages einer widersinnigen und ethnisch nicht einwandfreien Anordnung wiedersetzte, versetzte ihn die Geschäftsleitung zur Strafe in den unbeliebten Außendienst.

Der Mann war aber ein überaus positiver und gelassener Mensch und so versuchte er, zuerst die positiven Seiten der ‚Strafversetzung' zu sehen. „So komme ich mit viel mehr Menschen in Kontakt und es wird bestimmt interessanter als der eintönige Innendienst." sagte er sich. Und da er alles was er tat mit voller Herzenskraft tat, war er schnell bei den Kunden beliebt und erzielte überdurchschnittliche Ergebnisse. Als die Geschäftsleitung spürte, dass dies keine Strafe für ihn war und er sich immer wieder mal unsinnigen Anordnungen widersetzte, nahm man ihm den Firmenwagen weg. „Toll," dachte er „ich wollte mich sowieso schon immer mehr bewegen und nun kann ich es mit dem Beruf verbinden." Und da er auf seinen langen Fußmärschen Zeit und Muße hatte, sich gut auf die Gespräche mit den Kunden vorzubereiten, stiegen seine Umsätze noch um ein Vielfaches. Und seine körperliche Fitness wurde so gut, dass sämtliche gesundheitlichen Probleme sich in Luft auflösten. Schon morgens als er in die Firma kam, versprühte er die beste Laune und die Geschäftsführung merkte, dass sie ihn mit nichts bestrafen konnte und ließ ihn fortan in Ruhe.

Dagmar Steuer

Der Holzfäller und der Riese

Eines Tages sah ein müder, alter Holzfäller, dass die Zeit, in der er körperlich nicht mehr imstande sein würde, seiner Arbeit nachzugehen, nahe war. Er ging zu einem weisen Mann, der übersinnliche Kräfte besaß und bat ihn um Hilfe. „Ich will dir einen Riesen schicken, der alle Arbeiten für dich erledigen wird. Du musst ihn nur immer beschäftigen, sonst bringt er dich um." sprach der weise Mann. „Ja, ich werde ihm genug Arbeit geben können." antwortete der Holzfäller freudig. Als er wieder zu Hause ankam war der Riese bereits da und verlangte nach Arbeit.

„Putze mein Haus!" In fünf Minuten hatte der Riese das Haus bis zum letzten Winkel gesäubert. „Sehr gut," bemerkte der Alte lächelnd, „nun jäte das Unkraut im Garten." Innerhalb kurzer Zeit war der Garten wunderschön. „Wie herrlich.", bemerkte der Holzfäller. Wieder sprach der Riese: „Gib mir Arbeit oder ich bringe dich um." Dem Riesen wurde nun die Aufgabe gestellt, im Wald Bäume zu schlagen. „Das wird ihn eine Weile beschäftigen", dachte der Holzfäller lächelnd. Aber schon nach kurzer Zeit hatte der Riese seine Aufgabe vollendet und stand wieder vor ihm. „Gib mir Arbeit oder ich bringe dich um." sagte er drohend. „Spalte alles Holz und verkaufe es in der Stadt." sagte der Holzfäller und hoffte, ihn eine Weile beschäftigt zu wissen.

Doch schon nach 2 Tagen war der Riese auch mit diesen Aufgaben fertig und stand wieder vor dem Holzfäller: „Gib mir Arbeit oder ich bringe dich um." Nun geriet der arme Holzfäller in Panik. Er hatte zwar noch einen Wald, aber dann würde ihm die Arbeit ausgehen. Während der Riese damit beschäftigt war, auch den zweiten Wald abzuholzen, ging er voller Verzweiflung zu dem Weisen und beschrieb ihm seine Angst. Der Weise antwortete ihm: „Ich habe dich ja gewarnt, aber ich will dir helfen. Der Riese soll einen großen Baum in dem zweiten Wald stehen lassen. Und immer wenn du gerade keine Arbeit für ihn hast, dann lass ihn den Baum herauf klettern, wenn er oben ist wieder herunter klettern und dies so lange, bis du wieder eine Aufgabe hast." Der Holzfäller war erleichtert und machte sich rasch auf den Heimweg. Gerade noch rechtzeitig konnte er einen Baum vor der Axt des Riesen retten.

Nachdem er die Befehle des Holzfällers gehört hatte, begann der Riese den Baum hinauf- und wieder hinunterzuklettern. Und noch einmal und dann noch einmal. Nach einiger Zeit wurde er müde und bat dem Holzfäller „Herr, Herr, oh großer, gütiger Meister! Bitte, erlöse mich von dieser Aufgabe, ich verspreche auch, dich nicht umzubringen!" Der alte Mann erklärte sich mit

Freuden einverstanden und war nun ein freier und viel weiserer Mensch."

Dieser Riese symbolisiert unseren Geist. Ein unruhiger Geist, der immer beschäftigt sein muss, bringt dich irgendwann um. Gib ihm immer wieder monotone Aufgaben, z.B. das Beobachten des Atems: Ein und wieder aus und ein und wieder aus und er wird bezähmt.

Verfasser unbekannt

Die Glücksbohnen

Es war einmal ein Bauer, der steckte jeden Morgen eine Handvoll Bohnen in seine linke Hosentasche. Immer, wenn er während des Tages etwas Schönes erlebte, wenn ihm etwas Freude bereitete oder er einen Glücksmoment empfunden hatte, nahm er eine Bohne aus der linken Hosentasche und tat sie in die rechte. Ein fröhlicher Schwatz auf der Straße, ein köstliches Essen, ein Moment der Stille, das Lachen eines Menschen, eine Berührung des Herzens, ein schattiger Platz in großer Hitze – für alles, was seine Sinne und sein Herz erfreute, ließ er eine Bohne von der einen in die andere Hosentasche wandern.

Am Anfang kam das nicht so oft vor. Aber von Tag zu Tag wurden es mehr Bohnen, die von der linken in die rechte Hosentasche wanderten. Der Duft der frischen Morgenluft, der Gesang der Vögel, das Lachen seiner Kinder, das nette Gespräch mit einem Nachbarn – immer wanderte eine Bohne von der linken in die rechte Tasche.

Bevor er am Abend zu Bett ging, zählte er die Bohnen in seiner rechten Hosentasche. Und bei jeder Bohne konnte er sich an das positive Erlebnis erinnern. Zufrieden und glücklich schlief er ein – auch wenn er nur eine Bohne in seiner rechten Hosentasche hatte.

Verfasser unbekannt

Worte in Sand und Stein

Zwei Freunde schleppten sich durch die Wüste. Plötzlich gerieten sie in einen heftigen Streit. Dabei schlug der eine dem anderen im Zorn ins Gesicht. Ohne ein Wort zu sagen, kniete der Geschlagene nieder und schrieb folgende Worte in den Sand: „Heute hat mir mein Freund ins Gesicht geschlagen."- Dann wanderten sie schweigend weiter, bis sie zu einer Oase kamen. Sie beschlossen, in den Teich zu springen. Der Freund, der geschlagen worden war, blieb plötzlich im Schlamm stecken und drohte zu ertrinken. Sein Freund rettete ihn in letzter Minute. Nachdem sich jener, der beinahe ertrunken war, erholt hatte, nahm er einen Stein und ritzte in diesen folgende Worte: „Heute hat mir mein bester Freund das Leben gerettet."
Der Freund, der den anderen geschlagen und auch gerettet hatte, fragte erstaunt: „Als ich dich gekränkt hatte, hast du deinen Satz nur in den Sand geschrieben, aber nun ritzt du die Worte in einen Stein. Warum schreibst du diese Worte nicht auch hier in den Sand?" Der andere antwortete ihm: „Wenn uns jemand kränkt oder beleidigt, sollten wir es in den Sand schreiben, damit der Wind des Verzeihens es wieder löschen kann. Aber wenn jemand etwas tut, was für uns gut ist, dann können wir das in einen Stein gravieren, damit kein Wind es jemals löschen kann."

Verfasser Unbekannt

Bambus und Farn

Es war einmal eine Frau, die ihren Job und ihre Beziehung aufgeben wollte. Nichts in ihrem Leben lief so, wie sie es sich vorstellte. Weder ihr Beruf noch ihre Beziehung erfüllten sie mit Glück und Freude. Schon lange mangelte es ihr an Geld und Freude. Daher suchte sie Rat bei einem Zen-Meister, der für seine Weisheit bekannt war. „Kannst du mir einen Grund nennen, nicht aufzugeben?" fragte sie den Meister. „Schau dich um" sagte er. „Siehst du den Farn und den Bambus hier im Garten?" „Ja" sagte sie. Als ich die Samen des Farns und des Bambus pflanzte, sorgte ich für beide gut. Ich gab ihnen Licht. Ich gab ihnen Wasser. Schnell wuchs der Farn aus der Erde und er bedeckte mit seinem Grün schon bald den Boden. Vom Bambussamen war allerdings nichts zu sehen. Doch ich gab ihn nicht auf" erzählte der Meister weiter „Im zweiten Jahr wurde der Farn noch größer und prachtvoller. Der Bambus hingegen war noch nicht zu sehen. Ich pflegte dennoch beide und gab ihn immer noch nicht auf. Auch nicht im dritten Jahr. Und im vierten Jahr. Noch immer war nichts von ihm zu sehen" sprach der Meister gelassen.

„Doch dann kam er. Der erste kleine Sprössling. Winzig war er in der Erde zu sehen, verglichen mit dem Farn. Aber sechs Monate später wurde er unfassbar groß. Der Bambus wuchs über zehn Meter hoch. Fünf Jahre nahm er sich Zeit, um seine Wurzeln wachsen zu lassen. Weißt du, dass in all den Jahren, in denen du ohne sichtbaren und spürbaren Erfolg gekämpft hast, deine Wurzeln gewachsen sind? Sie werden dir die Kraft geben." sagte der Meister. „Vergleiche rich nie mit anderen. Der Bambus hatte eine andere Bestimmung als der Farn. Und trotzdem bringen sie beide den Garten zum Strahlen und machen ihn schön. Deine Zeit wird auch kommen, wenn du deine Wurzeln einsetzt. Du wirst hoch wachsen." sagte der Meister. „Danke, du hast mir die Augen geöffnet und wie hoch werde ich wachsen, Meister?" fragte die Frau. „Wie hoch wächst der Bambus?" fragte der Meister zurück. „So hoch er kann?"

Zen- Geschichte

Die volle Tasse

Es war einmal ein westlicher Professor der Philosophie. Er reiste zu einem Zen-Meister, um ihn nach Gott, der Unendlichkeit, der Meditation und vielem anderen zu befragen.

Der Meister hörte sich schweigend all die Fragen des Mannes an. Nach einer Weile sagte er: „Du hast eine weite Reise hinter dir und du siehst müde aus. Ich werde dir eine Tasse Tee machen.“ Während der Meister den Tee zubereitete, brannte der Professor vor Ungeduld. Er war schließlich nicht zum Tee trinken gekommen, sondern um Antworten auf alle seine Fragen zu bekommen! Wahrscheinlich war dieser Zen-Meister gar kein weiser Mann und wollte nun nur Zeit gewinnen. Sollte seine Reise gar umsonst gewesen sein?

Und als er schon fast am Aufstehen war, kam der Meister mit dem Tablett, auf dem der frisch gebrühte Tee stand. So entschied der Professor, den Tee zu trinken und erst dann zu gehen. Der Meister nahm die Kanne und begann dem Professor Tee in seine Tasse einzuschenken. Schnell war die Tasse voll und der Tee lief über den Rand und über die Untertasse. „Halt, Sie Narr! Was tun Sie denn da? Sehen Sie denn nicht, dass die Tasse voll ist? Und dass auch die Untertasse bereits übergelaufen ist?“

Da lächelte der Meister und sprach: „Und genau so ist es mit dir. Dein Verstand ist wie diese Tasse: überfüllt mit Fragen. Selbst wenn ich dir Antworten geben würde, hätten sie gar keinen Platz mehr in deinem Kopf, denn es passt dort genauso wenig hinein wie in diese Tasse. Geh also und leere deine Tasse. Und komm wieder, wenn Platz in dir ist.“

Zen-Geschichte

Liebe Mutti, lieber Vati!

ich weiß, seit ich hier im College wohne, bin ich, was das Briefe schreiben angeht, sehr nachlässig. Es tut mir leid, dass ich nicht schon früher geschrieben habe. Nun will ich euch auf den neuesten Stand bringen, aber bevor ihr mit dem Lesen beginnt, nehmt euch bitte einen Stuhl. Nicht weiterlesen, bevor ihr euch gesetzt habt, okay?

Also, es geht mir inzwischen wieder einigermaßen gut. Die Kopfverletzungen und die Gehirnerschütterung, die ich mir zugezogen hatte, als ich wegen eines Feuers aus dem Fenster des Wohnheims gesprungen bin, sind einigermaßen ausgeheilt. Ich war nur zwei Wochen im Krankenhaus und kann schon fast wieder normal sehen und habe nur noch einmal am Tag diese wahnsinnigen Kopfschmerzen. Glücklicherweise hat der Tankwart der Tankstelle gegenüber das Feuer im Wohnheim und meinen Sprung aus dem Fenster gesehen. Er rief die Feuerwehr und den Krankenwagen. Da das Wohnheim abgebrannt war, und ich nicht wusste, wo ich unterkommen sollte, hat er mir netterweise angeboten, bei ihm zu wohnen. Eigentlich ist es nur ein Zimmer im 1. Stock, aber es ist doch recht gemütlich. Er ist ein wirklich netter Junge und wir lieben uns sehr und haben vor zu heiraten. Wir wissen noch nicht genau wann, aber es soll schnell gehen, damit man nicht sieht, dass ich schwanger bin. Ja, Mama und Papa, ich bin schwanger.

Ich weiß wie sehr ihr euch freut, bald Großeltern zu sein – und ich weiß, ihr werdet das Baby gern haben und ihm die gleiche Liebe, Zuneigung und Fürsorge zukommen lassen, die ihr mir als Kind gegeben habt. Ihr werdet auch meinen Freund mit offenen Armen in unserer Familie aufnehmen. Er ist nett und ehrgeizig, wenn auch schulisch nicht besonders ausgebildet. Und auch wenn er eine andere Hautfarbe und Religion hat als wir, wird euch das sicherlich nicht stören.

Jetzt, da ich euch das Neueste mitgeteilt habe, möchte ich euch sagen, dass es im Wohnheim nicht gebrannt hat, ich keine Kopfverletzungen und keine Gehirnerschütterung hatte, ich nicht im Krankenhaus war, ich nicht schwanger bin und nicht verlobt bin und ich auch keinen Freund habe. Allerdings bekomme ich eine fünf in Geschichte und in Chemie, und ich möchte, dass ihr diese Noten in der richtigen Relation seht!

Eure Tochter Susan

Verfasser unbekannt

Der Heißluftballon

Ein Mann in einem Heißluftballon hat sich verirrt. Er geht tiefer und sichtet einen Mann am Boden. Er sinkt noch weiter ab und ruft: „Entschuldigung, können sie mir helfen? Ich habe einem Freund versprochen, ihn vor einer Stunde zu treffen und ich weiß nicht, wo ich bin." Der Mann am Boden antwortet: „Sie sind in einem Heißluftballon in ungefähr 10 m Höhe über dem Boden. Sie befinden sich zwischen 40 und 41 Grad nördlicher Breite und zwischen 59 und 60 Grad westlicher Länge." „Sie müssen Ingenieur sein." sagt der Ballonfahrer. „Bin ich,", antwortet dieser, „woher wussten sie das?" „Nun," sagt der Ballonfahrer „alles was sie mir sagten, ist technisch korrekt, aber ich habe keine Ahnung, was ich mit ihren Informationen anfangen soll und ich weiß immer noch nicht wo ich bin. Offen gesagt waren sie keine große Hilfe. Sie haben höchstens meine Reise noch weiter verzögert."

Der Ingenieur antwortet: „Sie müssen Manager sein." „Ja," antwortet der Ballonfahrer, „aber woher wussten sie das?"

„Nun," sagt der Ingenieur, „sie wissen weder wo sie sind, noch wohin sie fahren. Sie sind aufgrund einer großen Menge heißer Luft in ihre jetzige Position gekommen. Sie haben ein Versprechen gemacht, von dem sie keine Ahnung haben, wie sie es einhalten können und erwarten von den Leuten unter ihnen, dass sie ihre Probleme lösen. Tatsache ist, dass sie in exakt der gleichen Lage sind wie vor unserem Treffen, aber jetzt bin ich schuld!"

Verfasser unbekannt

Gerüchte einsammeln

Ein Dorfbewohner hatte über den Bürgermeister schlecht geredet und die Gerüchte waren bis zu ihm gekommen, woraufhin er ihn zur Rede stellte. „Ich werde es bestimmt nicht wieder tun", versprach dieser: „Ich nehme alles zurück, was ich über sie erzählt habe". Der Bürgermeister sah ihn ernst an. „Ich habe keinen Grund, ihnen nicht zu verzeihen, jedoch erwarte ich eine Sühne." „Ich bin gerne zu allem bereit." sagte der Dorfbewohner.

Der Bürgermeister ließ ein Federkissen kommen und sprach: „Tragen sie dieses Kissen in ihr Haus, schneiden ein Loch in das Kissen und kommen wieder zurück, indem sie unterwegs immer eine Feder nach rechts und eine Feder nach links werfen. Dies ist der Sühne erster Teil."

Der reumütige Dorfbewohner tat, wie ihm geheißen und überreichte dem Bürgermeister schließlich die leere Kissenhülle.
„Gehen sie jetzt wieder den Weg zu ihrem Haus zurück und sammeln sie alle Federn wieder ein" sprach der Bürgermeister. Der Dorfbewohner stammelte verwirrt: „Ich kann doch unmöglich all die Federn wieder einsammeln! Ich streute sie aus und inzwischen hat der Wind sie in alle Himmelsrichtungen getragen. Wie könnte ich sie alle wieder einfangen?"
Der Bürgermeister nickte ernst: „Das wollte ich hören! Genau so ist es mit den Verleumdungen. Einmal ausgestreut, laufen sie durch alle Winde, wir wissen nicht wohin. Wie kann man sie also einfach wieder zurücknehmen?"

Verfasser unbekannt

Die Hölle

Es war einmal ein Mann, der, als er gestorben war, an einen wundervollen Ort kam. Ein anderer Mann in einem weißen Anzug kam auf ihn zu und sagte: „Sie können alles haben, was sie nur möchten – alle Speisen, alle nur erdenklichen Vergnügungen, alle Arten der Unterhaltung." Der Mann war begeistert und probierte von all den angebotenen Delikatessen und Vergnügungen. Doch eines Tages wurde ihm langweilig.
Er rief den Mann in dem weißen Anzug zu sich und sagte: „Ich bin all der Sachen überdrüssig. Ich brauche etwas Sinnvolles zu tun. Welche Arbeit kannst du mir geben?" Da schüttelte der andere den Kopf und antwortete: „Tut mir leid, aber das ist das Einzige, was wir ihnen hier nicht bieten können. Es gibt keine Arbeit." Darauf rief der Mann: „Ebenso gut könnte ich in der Hölle schmoren!" Der Mann in dem weißen Anzug antwortete sanft: „Was glauben sie denn, wo sie hier sind?"

Margaret Stevens

Katze malen

Ein Katzenfreund hört davon, dass ein ZEN-Meister ein groß-
artiger Maler sei. Er besuchte ihn und fragte, ob der Meister
seine Katze malen könnte. Der Meister war einverstanden und
bat den Mann, in einer Woche wiederzukommen. Doch als der
Mann nach einer Woche kam, war das Bild noch nicht fertig.

Der Meister bat den Mann, in 4 Wochen wiederzukommen.
Doch auch zu diesem Zeitpunkt war das Bild nicht fertig. Das
Spiel wiederholte sich nach 3, 6 und 9 Monaten.

Als der Mann nach genau
einem Jahr wiederkam,
nahm der Meister Papier
und Pinsel und malte in
zehn Minuten die schönste
Katze, die der Mann sich
nur vorstellen konnte.
Begeistert, aber dennoch
ärgerlich, fragte er den
Meister, warum er ein Jahr
warten musste, obwohl er
nur 10 Minuten für das
Bild benötigt.

Da zog der Meister die Schubladen seiner Schränke auf und
heraus quollen unendlich viele Katzenbilder.

Zen-Geschichte

Die Maulwürfe

Einige Maulwürfe lebten friedlich unter der Erde, es war ihr
Paradies. Einigen Maulwürfen wurde es aber zu langweilig
und sie wollten schauen, was es sonst noch außerhalb ihres
Reiches gab.
Es war kalter Winter als die ersten Maulwürfe ihre Köpfe aus
der Erde steckten, Schnee, Sturm und Kälte empfingen sie und
als sie zurück kehrten, beschrieben sie den anderen Maulwür-

fen die Welt da draußen als kalt und todbringend.

Einige Maulwürfe wollten dies nicht glauben und so machten sie sich auch auf den Weg, Mittlerweile war es Frühsommer und ein wundervolles warmes Lüftchen empfing sie, die Vögel zwitscherten und die Blumen dufteten. Die Maulwürfe machten sich auf den Weg um ihren Artgenossen dies mitzuteilen.

Von da an entbrannte ein erbitterter Glaubenskrieg zwischen den Maulwürfen, die als erstes an der Erdoberfläche waren und denen die als zweites oben waren. Wer hat wohl recht?

Dagmar Steuer

Die Ameise und der Frosch

Jeden Tag lief die Ameise los und sammelte Nahrung für den Winter. Eines Tages begab sie sich dabei in die Nähe eines Teiches. Emsig suchte sie zwischen Schilf und altem Holz nach Futter. Es dauerte nicht lange und sie hörte ein Rascheln hinter sich. Erschrocken drehte sie sich um und erblickte einen dicken Frosch, der seine Zunge nach ihr ausstreckte.
Zitternd rief die Ameise: „Oh bitte, friss mich nicht." Doch der Frosch blies sich auf und fragte: „Warum sollte ich dich Leckerbissen laufen lassen?" Da erwiderte die kluge Ameise: „Wenn du mich laufen lässt, dann werde ich dir helfen, wenn du vielleicht einmal in großer Not bist." Der Frosch fing schallend an zu lachen und meinte: „Na gut, ich lasse dich gehen. Aber nur, weil ich schon satt bin."
Einige Tage später begab sich die Ameise wieder auf Nahrungssuche. Plötzlich hörte sie, wie jemand rief: „Hilfe! Hilfe! Helft mir doch!" Die Ameise wurde neugierig, eilte dem Hilferuf nach und sah den Frosch in der Hand eines Menschen. Die

Ameise rannte auf den Menschen zu und biss ihm kräftig in die Wade. Der Mensch erschrak und ließ den Frosch fallen.

Der sprang weg und bedankte sich bei der Ameise. Daraufhin wurden beide gute Freunde.

Verfasser unbekannt

Die Affenherde

Einst lebte eine Affenherde in einem Wald, in dem es auf einer Lichtung einen tiefen Teich gab. Eines Nachts bemerkte der größte und stärkste Affe, dass der Mond inmitten des kleinen Teichs leuchtete. Er erschrak und rief alle seine Affenbrüder zusammen. Seht, rief er, der Mond ist in den Teich gefallen. Er wird versinken, wenn wir ihn nicht herausholen.

Sie liefen aufgeregt am Ufer auf und ab oder schauten aus den Ästen der Bäume herunter auf den Mond im Teich, aber kein Arm war in der Lage, ihn zu erreichen. Lange sann der große und starke Affe, bis er eine Idee hatte: Er rief alle Affen zu sich auf den Baum, fasste den Ast fest und ließ sich herunterhängen. Der nächste Affe kletterte an ihm herab, fasste den herunterhängenden Arm und noch einer, und noch einer.

Immer näher kam man der Wasseroberfläche und dem Mond,

immer mehr aber bog sich auch der Ast und als der letzte Affe begann, an der langen Reihe seiner Brüder herunterzuklettern, konnte der Ast das Gewicht nicht mehr tragen, brach und alle Affen fielen in den Teich. Nicht wenige ertranken – unter ihnen auch der größte und stärkste Affe. Die wenigen Affen, die sich naß und klamm ans Ufer retten konnten sahen zu, wie sich die aufgewühlte Oberfläche des Teichs nach und nach glättete und der Mond sich wieder in der Oberfläche spiegelte.

Ein Fuchs, der alles beobachtet hatte, sagte: „Wenn die Narren dem größten Narren folgen, ist ihnen der Untergang gewiss."

Altibetische Fabel

Die fünf Affen und die Bananen

Fünf Affen sitzen in einem Käfig. Über ihnen hängen Bananen. Es gibt eine Leiter, um an die Bananen zu kommen. Doch jedes Mal, wenn die Affen es versuchen, wird kaltes Wasser in den Käfig gespritzt. Die Affen lernen schnell, dass sie sich die Bananen aus dem Kopf schlagen können.

Die Käfigkultur enthält eine ganz klare Richtlinie: Finger weg von den Bananen!

Ein Affe wird aus dem Käfig genommen und durch einen anderen ersetzt. Er kommt auf die Idee, die Leiter zu nutzen, um an die Bananen zu kommen. Doch die anderen halten ihn davon ab, um die kalte Dusche zu vermeiden.

Ein Affe nach dem anderen wird ausgetauscht, bis keiner der ursprünglichen Affen mehr im Käfig ist. Das Spiel ändert sich nicht.

Immer wieder wird der jeweils neue Affe davon abgehalten, die Leiter zu benutzen und übernimmt danach sofort das Verhalten seiner Mitbewohner.
Am Ende gehorchen alle 5 Affen den gleichen Regeln, obwohl keiner von ihnen mehr weiß warum.

Verfasser unbekannt

Die vier Kerzen

Am Adventskranz brannten vier Kerzen. Es war ganz still. So still, dass man hören konnte, wie die Kerzen miteinander zu reden begannen.
Die erste Kerze seufzte und sagte: „Ich heiße FRIEDEN. Mein Licht gibt Sicherheit, doch auf der Welt gibt es so viele Kriege. Die Menschen wollen mich nicht." Ihr Licht wurde kleiner und kleiner und verglomm schließlich ganz.

Die zweite Kerze fla-
ckerte und sagte: „Ich
heiße GLAUBEN. Aber
ich fühle mich über-
flüssig. Die Menschen
glauben an gar nichts
mehr. Was macht es
für einen Sinn, ob ich
brenne oder nicht?"
Ein Luftzug wehte
durch den Raum,
und die zweite Kerze
verlosch.

Leise und sehr zaghaft meldete sich nun die dritte Kerze zu Wort: „Ich heiße LIEBE. Mir fehlt die Kraft weiter zu brennen; Egoismus beherrscht die Welt. Die Menschen sehen nur sich selbst und sind nicht bereit, einander glücklich zu machen." Und mit einem letzten Aufflackern war auch dieses Licht aus-
gelöscht.
Da kam ein Kind ins Zimmer. Erstaunt schaute es die Kerzen

an und sagte: „Warum brennt ihr nicht? Ihr sollt doch brennen und nicht aus sein." Betrübt ließ es den Blick über die drei verloschenen Kerzen schweifen.

Da meldete sich die vierte Kerze zu Wort. Sie sagte: „Sei nicht traurig, mein Kind. So lange ich brenne, können wir auch die anderen Kerzen immer wieder anzünden. Ich heiße HOFF-NUNG."

Mit einem kleinen Stück Holz nahm das Kind Licht von dieser Kerze und erweckte Frieden, Glauben und die Liebe wieder zu Leben.

Verfasser unbekannt

Echo des Lebens

Vater und Sohn sind in den Bergen unterwegs. Plötzlich fällt der Sohn hin, schlägt sich das Knie auf und schreit: „Aua!!" Zu seiner Überraschung hört er eine Stimme irgendwo in den Bergen, die schreit auch: „Aua!!" Neugierig ruft er: „Wer bist du?", und erhält zur Antwort: „Wer bist du?" Dann schreit er in die Berge: „Ich bewundere dich!" Die Stimme antwortet: „Ich bewundere dich!"

Er sieht zum Vater hinüber und fragt: „Was ist das?" Der Vater lächelt und ruft „Du bist der Größte!" Die Stimme antwortet: „Du bist der Größte!" Der Junge ist überrascht, versteht aber immer noch nichts.

Da erklärt der Vater: „Die Menschen nennen es Echo, aber in Wirklichkeit ist es das Leben. Es gibt dir alles zurück, was du sagst oder tust. Unser Leben ist der Spiegel unseres Handelns. Wenn du dir mehr Liebe in der Welt wünscht, dann gib mehr Liebe. Wenn du mehr Kompetenz in deinem Team willst, dann lerne selbst weiter. Das gilt für alles, für jeden Bereich des Lebens. Das Leben gibt dir alles zurück, was du ihm gegeben hast. Dein Leben ist kein Zufall. Es ist ein Spiegelbild, es ist dein Echo."

Verfasser unbekannt

Das Experiment

Ein Philosophieprofessor stand vor seinen Studenten und hatte ein paar Dinge vor sich liegen. Er begann seine Vorlesung damit, ein großes leeres Mayonnaiseglas bis zum Rand mit großen Steinen zu füllen. Anschließend fragte er seine Studenten, ob das Glas voll sei. Sie bejahten dies.

Der Professor nahm eine Schachtel mit Kieselsteinen, schüttete sie in das Glas und schüttelte es leicht. Die Kieselsteine rollten natürlich in die Räume zwischen den größeren Steinen. Dann fragte er seine Studenten erneut, ob das Glas jetzt voll sei. Sie stimmten wieder zu und lachten.

Der Professor lächelte ebenfalls, nahm eine Schachtel mit Sand und schüttete ihn in das Glas. Natürlich füllte der Sand nun die letzten Zwischenräume im Glas aus.

„Nun", sagte er dann, an seine Studenten gewandt, „Ich möchte, dass sie erkennen, dass dieses Glas wie ihr Leben ist! Die Steine sind die wichtigen Dinge im Leben: ihre Familie, ihr Partner, ihre Freunde, ihre Kinder, ihre Berufung, ihre Gesundheit - Dinge, die - wenn alles andere wegfiele und nur sie übrig blieben - ihr Leben immer noch erfüllen würden. Die Kieselsteine sind andere, weniger wichtige Dinge, wie z.B. ihr Job, ihre Wohnung, ihr Haus oder ihr Auto. Und der Sand symbolisiert die ganz kleinen Dinge und die Vergnügungen im Leben. Wenn sie den Sand zuerst in das Glas füllen, bleibt kein Raum für die Kieselsteine oder die großen Steine.

So ist es auch in ihrem Leben: Wenn sie all ihre Energie für die kleinen Dinge in ihrem Leben aufwenden, haben sie für die großen keine Zeit mehr. Achten sie daher auf die wichtigen Dinge, nehmen sie sich Zeit für die Dinge, die ihnen am meisten am Herzen liegen. Es wird immer noch genug Zeit geben für Arbeit, Haushalt, Partys usw. Achten sie zuerst auf die großen Steine - sie sind es, die wirklich zählen. Der Rest ist nur Sand."

Verfasser unbekannt

Die Wunschfee

Es war einmal ein armer Bauer, der trotz all seines Fleißes in seinem Leben nicht vorwärts kam. Eines Abends begegnete ihm eine Wunschfee, von der jedes Kind weiß, dass sie den Menschen jeden Wunsch erfüllen kann.

„Ich bin gekommen", sagte die Fee „um dir zu helfen. Ich werde dich auf den Palast der Wünsche bringen, wo du dir aussuchen kannst, was immer du willst." Und ehe er sich versah, fand sich der Bauer vor einem prächtigen Tor wieder. Über dem Tor stand geschrieben: „Jeder Wunsch wird Wirklichkeit."

„Schön", dachte der Bauer und rieb sich die Hände, „mein armseliges Leben hat nun endlich ein Ende." Und erwartungsvoll trat er durch das Tor.

Ein weißhaariger, alter Mann stand am Tor und begrüßte den Bauern mit den Worten: „Was immer du dir wünschst, wird

sich erfüllen. Aber zuerst musst du wissen, was man sich überhaupt alles wünschen kann. Daher folge mir!"

Der alte Mann führte den Bauern durch mehrere Säle, einer schöner als der andere.

„Hier", sprach der Weise, „im ersten Saal siehst du das Schwert des Ruhms. Wer sich das wünscht, wird ein gewaltiger General; er eilt von Sieg zu Sieg und sein Name wird auch noch in den fernsten Zeiten genannt. Willst du das?" „Nicht schlecht", dachte sich der Bauer, „Ruhm ist ein schöne Sache und ich möchte zu gerne die Gesichter der Leute im Dorf sehen, wenn ich General werden würde. Aber ich will es mir noch einmal überlegen." Also sagte er: „Gehen wir erst einmal weiter."
Im zweiten Saal zeigte er dem Bauern das Buch der Weisheit. „Wer sich das wünscht, dem werden alle Geheimnisse des Himmels und der Erde offenbar" sagte er. Der Bauer meinte: „Ich habe mir schon immer gewünscht viel zu wissen. Das wäre vielleicht das Rechte. Aber ich will es mir noch einmal überlegen."

Im dritten Saale befand sich ein Kästchen aus purem Gold. „Das ist die Truhe des Reichtums. Wer sich die wünscht, dem fliegt das Gold zu, ob er nun arbeitet oder nicht." waren die Worte des alten Mannes. „Ha!",
lachte der Bauer, „Das wird das Richtige sein. Wer reich ist, der ist der glücklichste Mensch der Welt. Aber ich weiß nicht recht. Gehen wir noch weiter."

Und so ging der Bauer von Saal zu Saal, ohne sich für etwas zu entscheiden. Als sie den letzten Saal gesehen hatten, sagte der alte Mann zum Bauern: „Nun wähle. Was immer du dir wünschst, wird erfüllt werden!"
„Du musst mir noch ein wenig Zeit lassen", sagte der Bauer, „Ich muss mir die Sache noch etwas überlegen." In diesem Augenblick aber ging das Tor hinter ihm zu und der Weise war verschwunden.
Der Bauer fand sich zu Hause wieder. Die Fee saß wiede vor ihm und sprach: „Armer Bauer, wie du sind die meisten Menschen. Sie wissen nicht, was sie sich wünschen sollen, sie wünschen sich alles und bekommen nichts. Was immer sich einer wünscht, das schenken ihm die Götter - aber der Mensch muss wissen, was er will ..."

Verfasser unbekannt

Spuren im Sand

Eines Nachts hatte ich einen Traum: Ich ging am Meer entlang mit meinem Gott und Herrn. Vor dem dunklen Nachthimmel erstrahlten, Streiflichtern gleich, Bilder aus meinem Leben. Und jedes Mal sah ich zwei Fußspuren im Sand, meine eigene und die meines Herrn. Als das letzte Bild an meinen Augen vorübergezogen war, blickte ich zurück. Ich erschrak, als ich entdeckte, dass an vielen Stellen meines Lebensweges nur eine Spur zu sehen war. Und das waren gerade die schwersten Zeiten meines Lebens. Besorgt fragte ich den Herrn: „Herr, als ich anfing, dir nachzufolgen, da hast du mir versprochen, auf allen Wegen bei mir zu sein. Aber jetzt entdecke ich, dass in den schwersten Zeiten meines Lebens nur eine Spur im Sand zu sehen ist. Warum hast du mich allein gelassen, als ich dich am meisten brauchte?" Da antwortete er: „Mein liebes Kind, ich liebe dich und werde dich nie allein lassen, erst recht nicht in Nöten und Schwierigkeiten. Dort, wo du nur eine Spur gesehen hast, da habe ich dich getragen."

Margaret Fishback Powers

Die kleine Schraube

Es gab einmal in einem riesigen Schiff eine ganz kleine Schraube, die mit vielen anderen ebenso kleinen Schrauben zwei große Stahlplatten miteinander verband. Diese kleine Schraube fing an, bei der Fahrt mitten im Indischen Ozean bei einem schweren Sturm etwas lockerer zu werden, und drohte herauszufallen. „Ich kann diesem Druck einfach nicht mehr widerstehen." Da sagten die nächsten Schrauben zu ihr: „Wenn du brichst, dann ist es um uns auch geschehen." Und die Nägel unten am Schiffskörper sagten: „Uns wird es dann auch zu eng, dann können wir das Schiff nicht mehr zusammen halten" Als die großen eisernen Rippen das hörten, da riefen sie: „Um Gottes willen bleibt; denn wenn ihr nicht mehr haltet, dann ist es um uns geschehen!" Und das Gerücht von dem

Kampf der kleinen Schraube verbreitete sich blitzschnell durch den ganzen riesigen Körper des Schiffes. Es ächzte und erbebte in allen Fugen. Da beschlossen sämtliche Rippen, Platten und Schrauben und auch die kleinsten Nägel, eine gemeinsame Botschaft an die kleine Schraube zu senden, sie möge doch durchhalten, denn sonst würde das ganze Schiff bersten und keine von ihnen die Heimat erreichen. Das schmeichelte dem Stolz der kleine Schraube, dass ihr solch eine ungeheure Bedeutung beigemessen wurde. In diesem Moment wuchs sie über sich hinaus und aktivierte ungeahnte Kräfte. Und sie ließ den anderen mitteilen, sie werde es schaffen.

Nach Rudyard Kipling

Frösche in der Milch

Auf einem Bauernhof stand ein Eimer voller Milch. Zwei Frösche kamen vorbei und waren neugierig, was wohl in dem Eimer sei. Also sprangen sie mit einem großen Satz in den Eimer. Es stellte sich aber heraus, dass das keine so gute Idee gewesen war, denn der Eimer war halb gefüllt mit Milch.

Da schwammen die Frösche nun in der Milch, konnten aber nicht mehr aus dem Einer springen, da die Wände zu hoch und zu glatt waren. Der Tod war ihnen sicher.

Der eine der beiden Frösche war verzweifelt. „Wir müssen sterben", jammerte er, „hier kommen wir nie wieder heraus." Und er hörte mit dem Schwimmen auf, da nach seiner Meinung ja alles doch keinen Sinn mehr hatte. Der Frosch ertrank in der Milch.

Der andere Frosch aber sagte zu sich selbst: „Ich gebe zu, die Sache sieht nicht gut aus. Aber aufgeben werde ich deshalb noch lange nicht. Ich bin ein guter Schwimmer! Ich schwimme, solange ich kann."

Und so stieß der Frosch kräftig mit seinen Hinterbeinen und schwamm und schwamm und schwamm und schwamm. Und wenn er müde wurde, munterte er sich selbst immer wieder auf.

Irgendwann spürte er an seinen Füßen eine feste Masse. Ja, tatsächlich, da war keine Milch mehr unter ihm, sondern eine feste Masse. Durch das Treten hatte der Frosch die Milch zu Butter geschlagen! Nun konnte er aus dem Eimer in die Freiheit springen!"

Fabel nach Aesop

Nur Steine

Es war einmal ein Farmer in Australien. Der hörte, dass viele Farmer im Begriff standen, ihre Farm zu verkaufen, um nach Diamanten zu schürfen. Einige waren auf diese Weise schon sehr reich geworden. Der Mann entschied sich, ebenfalls seine Farm zu verkaufen und er fand auch schnell einen Käufer. Mit dem Geld machte er sich auf, um nach Diamanten zu schürfen.

Es verging ein Monat und er hatte nichts gefunden. Auch nach zwei, drei und sechs Monaten war seine Suche erfolglos. Er suchte noch ein weiteres halbes Jahr und war am Ende so verzweifelt, dass er sich von einer Brücke stürzte und sich das Leben nahm.

Der Mann hingegen, der die Farm von dem erfolglosen Diamantensucher gekauft hatte, wunderte sich über die Steine, die dort überall auf dem Land herumlagen.

Er nahm einen der Steine mit zu einem Experten und der teilte ihm mit, dass dies einer der größten Diamanten sei, den er je gesehen habe.

Es gab unzählige dieser Steine auf dem Gelände der Farm, nur hatte sie bisher niemand beachtet und als Diamanten erkannt, da sie roh und ungeschliffen waren."

Verfasser unbekannt

Der Stundenlohn

Ein Mann kam spät von der Arbeit nach Hause, müde und erschöpft. Sein fünfjähriger Sohn wartete auf ihn an der Tür: „Papa, darf ich dich etwas fragen?" „Ja, sicher" antwortete der Mann. „Papa, wenn du arbeitest, wie viel verdienst du pro Stunde?"" „Warum fragst du solche Sachen?" sagte der Mann ärgerlich. „Ich will es doch nur wissen. Bitte sag mir, wie viel du in der Stunde bekommst." bettelte der kleine Junge. „Wenn du es unbedingt wissen musst: Ich bekomme 20 Euro die Stunde." „Oh," stöhnte der kleine Junge mit gesenktem Kopf. Dann sieht er auf und sagt „Papa, kann ich mir bitte zehn Euro von dir leihen?" Der Vater explodiert: „War das der einzige Grund zu erfahren, was ich verdiene? Nur um Geld zu bekommen um damit ein dummes Spielzeug oder sonstigen Unsinn zu kaufen? Du kannst auf dein Zimmer gehen und darüber nachdenken, ob das nicht sehr egoistisch ist. Ich arbeite lang und hart jeden Tag und ich habe keine Zeit für diesen kindischen Quatsch!"

Der kleine Junge ging leise in sein Zimmer und schloss die Tür. Der Mann setzte sich vor den Fernseher und ärgerte sich weiter über seinen Sohn. Nach etwa einer Stunde hatte er sich beruhigt und begann sich zu fragen, ob er nicht überreagiert hatte. Er ging hinauf zu seinem Sohn und öffnete die Tür.

„Schläfst du schon?" fragte er. „Nein, Papa. Ich bin wach." „Ich habe nachgedacht. Ich finde ich war vorhin zu hart. Ich hatte einen langen, schwierigen Tag und ich habe meine Anspannung an dir ausgelassen. Hier sind die zehn Euro, die du haben wolltest." Der kleine Junge sprang vom Bett: „Oh, danke,

Papa!" rief er und umarmte seinen Vater. Dann holte er unter seinem Bett einen flachen Karton mit einigen Münzen darin.

Als der Mann sah, dass sein Sohn bereits einiges an Geld hatte, wurde er wieder ärgerlich, während sein Sohn langsam das Geld zählte. „Warum hast du mich nach Geld gefragt, wenn du doch schon welches hast?" „Weil ich nicht genug hatte. Aber jetzt reicht es!" sagte der Junge. „Papa, ich habe jetzt 20 Euro. Kann ich eine Stunde Zeit bei dir kaufen?

Verfasser unbekannt

Die zwei Brüder (Berg Morija)

Zwei Brüder wohnten einst auf dem Berg Morija. Der Jüngere war verheiratet und hatte Kinder, der Ältere war unverheiratet und allein. Die beiden Brüder arbeiteten zusammen, sie pflügten das Feld zusammen und streuten zusammen den Samen aus. Zur Zeit der Ernte brachten sie das Getreide ein und teilten die Garben in zwei gleichgroße Stöße: für jeden einen Stoß Garben. Als es Nacht geworden war, legte sich jeder der beiden Brüder bei seinen Garben nieder, um zu schlafen. Der Ältere aber konnte keine Ruhe finden und sprach in seinem Herzen: „Mein Bruder hat eine Familie, ich dagegen bin allein und ohne Kinder und doch habe ich gleich viele Garben genommen wie er. Das ist nicht recht." Er stand auf und nahm von seinen Garben und schichtete sie heimlich und leise zu den Garben seines Bruders. Dann legte er sich wieder hin und schlief ein.

In der gleichen Nacht nun, eine geraume Zeit später, erwachte der Jüngere. Auch er musste an seinen Bruder denken und sprach in seinem Herzen: „Mein Bruder ist allein und hat keine Kinder. Wer wird in seinen alten Tagen für ihn sorgen?" Und er stand auf, nahm von seinen Garben und trug sie heimlich und leise hinüber zu dem Stoß des Älteren.

Als es Tag wurde, erhoben sich die beiden Brüder, und jeder

war erstaunt, dass die Garbenstöße die gleichen waren, wie am Abend zuvor. Aber keiner sagte darüber zum anderen ein Wort. In der zweiten Nacht wartete jeder ein Weilchen, bis er den anderen schlafend wähnte. Dann erhoben sie sich, und jeder nahm von seinen Garben, um sie zum Stoß des anderen zu tragen. Auf halbem Weg trafen sie plötzlich aufeinander, und jeder erkannte, wie gut es der andere mit ihm meinte. Da ließen sie ihre Garben fallen und umarmten einander in herzlicher und brüderlicher Liebe. Gott im Himmel aber schaute auf sie hernieder und sprach: Heilig ist mir dieser Ort. Hier will ich unter den Menschen wohnen!

Israelische Parabel

Die Rezession

Ein Mann hatte einen Stand am Straßenrand und verkaufte Würstchen. Er war schwerhörig, deshalb hatte er kein Radio. Er sah schlecht, deshalb las er keine Zeitung. Aber er verkaufte köstliche, heiße Würstchen.

Es sprach sich herum, und die Nachfrage stieg von Tag zu Tag. Er investierte in einen größeren Stand, einen größeren Herd und musste immer mehr Wurst und Brötchen einkaufen. Er holte seinen Sohn nach dessen Studium an der Uni zu sich, damit er ihn unterstützte.

Eines Tages sagte sein studierter Sohn „Vater, hast du denn nicht im Radio gehört, eine schwere Rezession kommt auf uns zu. Der Umsatz wird zurückgehen - du solltest nichts mehr investieren!" Der Vater dachte: „Nun, mein Sohn hat studiert, er schaut täglich Fernsehen, hört Radio und liest regelmäßig den Wirtschaftsteil der Zeitung. Der muss es schließlich wissen." Also verringerte er seine Wurst- und Brötcheneinkäufe und sparte an der Qualität der eingekauften Waren. Auch verringerte er seine Kosten, indem er keine Werbung mehr machte. Und das Schlimmste: Die Ungewissheit vor der Zukunft ließ ihn missmutig werden im Umgang mit seinen Kunden.

Was daraufhin passierte? Es ging blitzschnell: Sein Absatz an heißen Würstchen ging drastisch zurück. „Du hast recht mein Sohn", sagte der Vater, „gut dass ich auf dich gehört habe, es steht uns tatsächlich eine schwere Rezession bevor."

Verfasser unbekannt

Zeit stehlen

Einst rief der Teufel alle seine Dämonen zu einem Treffen zusammen um die Menschheit noch besser kontrollieren zu können. Er gab Ihnen die Anweisungen: „Beschäftigt sie mit der ganzen Fülle unwichtiger Nebensächlichkeiten des alltäglichen Lebens und denkt euch immer wieder etwas Neues aus, um ihre Gedanken zu beherrschen! Verleitet sie dazu, dass sie viel ausgeben, viel verbrauchen und viel verschwenden! Überredet die Ehefrauen, sich ganz auf ihren Job zu konzentrieren und unendliche Stunden an ihrem Arbeitsplatz zu verbringen! Und überzeugt die Ehemänner davon, jede Woche sechs bis sieben Tage zu arbeiten, jeden Tag 10 bis 12 Stunden! So können sie sich ja ihren Lebensstil leisten. Haltet sie aber davon ab, Zeit mit ihren Kindern zu verbringen und für sie zu beten. Wenn ihre Familien schließlich auseinandergebrochen sind, wird ihr Zuhause keinen Schutz mehr bieten. Stopft ihre Köpfe so voll, dass sie die sanfte leise Stimme ihrer Seele nicht mehr hören! Verführt sie dazu, sich ständig mit Internet und Smartphone zu beschäftigen, so dass ihre Gedanken nur in der Welt bleiben!
Seht zu, dass zu Hause unermüdlich der Fernseher oder das Radio laufen, so dass sie ausreichend weltlichen Ablenkungen ausgeliefert sind! Überschwemmt die Frühstückstische mit Zeitungen und Zeitschriften! Hämmert ihnen 24 Stunden lang am Tag die neuesten Nachrichten ein! Bedeckt die Straßen mit Schildern und Plakaten für irgendwelche Produkte, die vorzugsweise von schlanken, gutaussehenden Models bewor-

ben werden, so dass die Ehemänner ihre Ehefrauen schneller unattraktiv finden! Auch das wird zur Zerstörung der Familien beitragen!

Überflutet ihre Briefkästen mit Werbung und mit Angeboten von Gratis-Produkten! Lasst sie auch im Urlaub nicht zur Ruhe kommen, so dass sie erschöpft und unausgeglichen in ihre Arbeit zurückkehren! Seht zu, dass sie sich nicht an der Natur erfreuen und auf keinen Fall etwa Gottes Schöpfung bewundern! Schickt sie stattdessen in Vergnügungsparks, Sportveranstaltungen, Konzerte und Kinos!

Euer Ziel muss es sein, dass sie beschäftigt sind und bleiben, und dass sie nur ja keine Zeit mit sich selbst verbringen! Sie müssen immerzu so beschäftigt sein, dass sie nicht meditieren oder beten. Liefert ihnen für diesen angeblichen Mangel an Zeit viele gute Entschuldigungen, dass sie sich keine Kraft mehr aus sich selbst holen können!"

Es war ein tolles Treffen. Die Dämonen gingen nun eifrig an ihren Auftrag, die Menschen überall auf der Welt zu beschäftigen und zu jagen. Und eine große Masse von Menschen folgte diesen teuflischen Eingebungen.

Autor unbekannt

Der alte Großvater und sein Enkel

Es war einmal ein steinalter Mann, dem waren die Augen trüb geworden, die Ohren taub, und die Knie zitterten. Wenn er nun bei Tische saß und den Löffel kaum halten konnte, schüttete er Suppe auf das Tischtuch, und es floss ihm auch etwas wieder aus dem Mund. Sein Sohn und dessen Frau ekelten sich davor und deswegen musste sich der alte Großvater hinter den Ofen in die Ecke setzen und sie gaben ihm sein Essen aus einem irdenen Schüsselchen. Doch er wurde noch dazu nicht einmal satt; da sah er betrübt nach dem Tisch und die Augen wurden ihm nass.

Einmal konnten seine zittrigen Hände das Schüsselchen nicht festhalten, es fiel zur Erde und zerbrach. Die junge Frau schalt ihn, er sagte nichts und seufzte nur. Da kaufte sie ihm ein hölzernes Schüsselchen für ein paar Heller, daraus musste er nun essen.

Wie sie da so sitzen, so trägt der kleine Enkel von vier Jahren auf der Erde kleine Brettlein zusammen. „Was machst du da?" fragte der Vater. „Ich mache ein hölzernes Schüsselchen" antwortete das Kind, „daraus sollen Vater und Mutter essen, wenn ich groß bin."

Da sahen sich Mann und Frau eine Weile an und fingen an zu weinen, holten ab sofort den alten Großvater an den Tisch und ließen ihn von nun an immer mitessen, sagten auch nichts, wenn er ein wenig verschüttete.

Gebrüder Grimm

Das Bild vom Frieden

Es war einmal ein König, der schrieb einen Preis im ganzen Land aus: Er lud alle Künstlerinnen und Künstler dazu ein, den Frieden zu malen und das beste Bild sollte eine hohe Belohnung bekommen.

Alle Malerinnen und Maler im Land machten sich eifrig an die Arbeit und brachten dem König ihre Bilder. Von allen Bildern, die gemalt wurden, gefielen dem König zwei am besten. Zwischen denen musste er sich nun entscheiden. Das erste war ein perfektes Abbild eines ruhigen Sees. Im See spiegelten sich die malerischen Berge, die den See umrandeten und man konnte jede kleine Wolke im Wasser wiederfinden. Jeder, der das Bild sah, dachte sofort an den Frieden.

Das zweite Bild war ganz anders. Auch hier waren Berge zu sehen, aber diese waren zerklüftet, rau und kahl. Am düsteren grauen Himmel über den Bergen jagten sich wütende Wolkenberge und man konnte den Regen fallen sehen, den Blitz aufzucken und auch fast schon den Donner krachen hören. An einem der Berge stürzte ein tosender Wasserfall in die Tiefe, der Bäume, Geröll und kleine Tiere mit sich riss. Keiner, der dieses Bild sah, verstand, wieso es hier um Frieden gehen sollte.

Doch der König sah hinter dem Wasserfall einen winzigen Busch, der auf der zerklüfteten Felswand wuchs. In diesem kleinen Busch hatte ein Vogel sein Nest gebaut. Dort in dem wütenden Unwetter an diesem unwirtlichen Ort saß der Muttervogel auf seinem Nest – in perfektem Frieden.

Welches Bild gewann wohl den Preis?

Der König wählte das zweite Bild und begründete das so: „Lasst euch nicht von schönen Bildern in die Irre führen:

Frieden braucht es nicht dort, wo es keine Probleme und keine Kämpfe gibt. Wirklicher Frieden bringt Hoffnung und heißt vor allem, auch unter schwierigsten Umständen und größten Herausforderungen, ruhig und friedlich im eigenen Herzen zu bleiben."

Verfasser unbekannt

Der König und sein weiser Berater

Ein König hatte einen Berater. Dieser konnte allen Dingen, die geschahen, immer auch etwas Positives abgewinnen, was dem König manchmal gewaltig auf die Nerven ging.
Eines Tages machten die Beiden einen Ausflug auf eine unbekannte Insel. Als sie am Strand Appetit bekamen, wollte der König eine Kokosnuss essen. Er nahm seine Machete, um die Kokosnuss zu öffnen. Dabei glitt die Klinge ab und er schnitt sich seinen kleinen Zeh ab. Der König schrie vor Schmerz und jammerte und wehklagte lautstark. Da sagte sein Berater: „Majestät, es ist zwar schlimm und es tut sicherlich auch weh, aber es wird bestimmt für irgendetwas gut sein." Das reichte dem König, das war zu viel. Wütend warf er den Berater in ein tiefes Loch, aus dem er alleine nicht mehr herauskommen würde.

Auf dem Rückweg wurde der König von wilden Eingeborenen gefangen genommen und in deren Dorf verschleppt. Bald darauf fand er sich auf einer Art Altar gebunden wieder und das ganze Volk tanzte um ihn herum. Der Medizinmann kam aus seiner Hütte, trat in seinem prächtigen Federschmuck zu ihm und erklärte: „Jedes Jahr opfern wir unserem Gott einen Gefangenen, damit er uns auch im nächsten Jahr gnädig gestimmt ist", dabei begann er, laut singend, um den Altar herumzulaufen. An den Füßen des Königs angekommen, stutzte der Medizinmann, schaute noch einmal genauer hin und rief seinen Leuten zu: „Bindet diesen Mann los und lasst ihn laufen, er ist nicht vollkommen, denn es fehlt ihm ein Zeh. Unser Gott hat vollkommene Opfer verdient."

Sofort eilte der König, so gut es ihm mit seinem verletzten Fuß möglich war, zu dem Loch, in dem der Berater immer noch saß und befreite den Mann unverzüglich aus dem Loch. „Entschuldige bitte, dass ich dir das angetan habe, aber jetzt habe ich eingesehen, dass du wieder einmal recht hattest." Und er erzählte ihm die ganze Geschichte. „Das ist schon in Ordnung", erwiderte der Berater lachend, „ich dachte mir schon, dass es für irgendetwas gut sein würde, als ihr mich in das Loch geworfen habt." „Was?", rief der König, „zu was soll das denn schon wieder gut gewesen sein?" Auf den erstaunten und fragenden Blick des Königs erwiderte der Berater schmunzelnd: „Stellt euch vor, Majestät, die Wilden hätten mich gefangen."

Alan Cohen

Die drei weisen Alten

Es war eines Tages im Frühling, als eine Frau vor ihrem Haus drei alte Männer stehen sah. Sie hatten lange weiße Bärte und sahen aus, als wären sie schon weit herumgekommen. Obwohl sie die Männer nicht kannte, folgte sie ihrem Impuls, sie zu fragen, ob sie vielleicht hungrig seien und mit hinein kommen wollten.
Da antwortete der eine von ihnen: „Sie sind sehr freundlich, aber es kann nur einer von uns mit ihnen gehen. Sein Name ist Reichtum" und er deutete dabei auf den Alten, der rechts von ihm stand. Dann wies er auf den, der links von ihm stand und sagte: „Sein Name ist Erfolg. Und mein Name ist Liebe. Ihr müsst euch überlegen, wen von uns ihr ins Haus bitten wollt."-
Die Frau ging ins Haus zurück und erzählte ihrem Mann, was sie gerade draußen erlebt hatte. Ihr Mann war hoch erfreut und sagte: „Toll, lass uns doch Reichtum einladen". Seine Frau aber widersprach: „Nein, ich denke wir sollten lieber Erfolg einladen." Die Tochter aber sagte: „Wäre es nicht schöner, wir würden Liebe einladen?"
„Sie hat Recht", sagte der Mann. „Geh raus und lade Liebe als

unseren Gast ein". Und auch die Frau nickte und ging zu den Männern. Draußen sprach sie: „Wer von euch ist Liebe? Bitte kommen sie rein und seien sie unser Gast". Liebe machte sich auf und ihm folgten die beiden anderen. Überrascht fragte die Frau Reichtum und Erfolg: „Ich habe nur Liebe eingeladen. Warum wollt ihr nun auch mitkommen?"

Die alten Männer antworteten im Chor: „Wenn sie Reichtum oder Erfolg eingeladen hätten, wären die beiden anderen draußen geblieben. Da sie aber Liebe eingeladen haben, gehen die anderen dorthin, wohin die Liebe geht."

Verfasser unbekannt

Der Anruf

Ein älterer Mann in Phoenix ruft seinen erwachsenen Sohn in New York an und sagt am Telefon: „Ich hasse es, dir deinen Tag zu verderben, aber ich muss dir mitteilen, dass deine Mutter und ich dabei sind, uns scheiden zu lassen. Fünfundvierzig Jahre Elend sind einfach genug!" „Vater, was redest du denn da?", schreit der Sohn entsetzt in den Hörer. „Wir halten gegenseitig unseren Anblick nicht mehr aus," sagt der alte Mann.

„Wir sind einander überdrüssig und es macht mich krank auch nur darüber zu reden. Also rufe deine Schwester in Chicago an und sag du es ihr!" und er hängt auf.

Voller Bestürzung ruft der Sohn seine Schwester an, die bei der Nachricht explodiert: „Was um alles in der Welt, glauben sie denn? Sie wollen sich scheiden lassen? Warte, ich regle das!" Augenblicklich ruft sie in Phoenix an und schreit den alten Vater an: „Ihr lasst euch NICHT scheiden, hörst du? Ihr tut nichts, bis ich da bin. Ich rufe gleich meinen Bruder zurück und wir werden beide morgen bei euch eintreffen. Bis dahin unternehmt ihr nichts, hast du mich verstanden?"

Während der alte Mann den Hörer auflegt, dreht er sich zu seiner Frau und sagt: „Sie kommen beide zu Weihnachten, Liebling und ihren Flug zahlen sie auch selber."

Verfasser unbekannt

Die sieben Weltwunder

Eine Schulklasse wurde gebeten zu notieren, welches für sie die

Sieben Weltwunder wären.

Folgende Rangliste
kam zustande:
Pyramiden von Gize
Taj Mahal
Grand Canyon
Panamakanal
Empire State Building
St. Peters Dom im Vatikan
Grosse Mauer China

Die Lehrerin merkte beim einsammeln der Resultate, dass eine Schülerin noch am Arbeiten war. Deshalb fragte sie die junge Frau, ob sie Probleme mit ihrer Liste hätte. Sie antwortete: „Ja. Ich konnte meine Entscheidung nicht ganz treffen. Es gibt so viele Wunder." Die Lehrerin antwortete daraufhin: „Nun, teilen Sie uns mit, was Sie bisher haben und vielleicht können wir ja helfen."

Die junge Frau zögerte zuerst und las dann vor. „Für mich sind die Sieben Weltwunder:
Sehen, Hören, sich Berühren, Riechen, Fühlen, Lachen ...
... und Lieben"

Im Klassenzimmer wurde es ganz still.
Diese alltäglichen Sachen, die wir als selbstverständlich betrachten und oft gar nicht realisieren, sind wahrhaftig Wunder. Die kostbarsten Sachen im Leben sind jene, die nicht gekauft und nicht hergestellt werden können.

Verfasser unbekannt

Das Krankenzimmer

Zwei ältere Herren, beide ernsthaft erkrankt, liegen im selben Krankenzimmer. Einer der Herren hatte vom Arzt die Erlaubnis, sich jeden Nachmittag für eine Stunde aufzusetzen, damit die Flüssigkeit aus seiner Lunge abfließen konnte. Sein Bett stand am einzigen Fenster des Raumes. Der andere Herr musste die ganze Zeit flach auf dem Rücken liegen.

Jeden Nachmittag, wenn der Herr im Bett neben dem Fenster sich aufrecht hinsetzte, berichtete er von den Dingen, die er draußen am Fenster sah. Er erzählte von den Blumen, dem frischen Gras, den Vögeln und den Verliebten, die in dem Park gingen, die Schwäne am Teich und die spielenden Kinder. Er beschrieb das Blau des Himmels, den Sonnenuntergang und dessen herrliche Farben und die vorbeiziehenden Wolken. Der Herr im anderen Bett, der nur liegen durfte, schloss manchmal die Augen und stellte sich die Dinge vor, von denen er erzählt bekam. Ein glückliches Lächeln kam auf sein Gesicht, und tiefe Dankbarkeit strömte aus seinem Herzen.

Eines Tages, als die Schwester das Zimmer betrat, fand sie den Herrn im Fensterbett tot. Er war mit einem friedlichen, zufriedenen Gesichtsausdruck in seinem Bett eingeschlafen. Der andere Herr bat die Schwester, sein Bett zum Fenster zu schieben, wo es jetzt doch Platz gäbe, und die Bitte wurde erfüllt.

Als die Schwester das Zimmer verlassen hatten, nahm der Mann all seine Kraft zusammen und setzte sich langsam auf, um einen Blick aus dem Fenster werfen zu können, aber er sah nur auf die Begrenzungsmauer eines Lichthofes.

Der Mann fühlte sich eigenartig. Er läutete nach der Schwester und fragte sie, was seinen Zimmernachbarn wohl veranlasst hätte, ihm die wunderbaren Dinge zu beschreiben, obwohl dieser doch auch nur die kahle Wand sehen konnte.

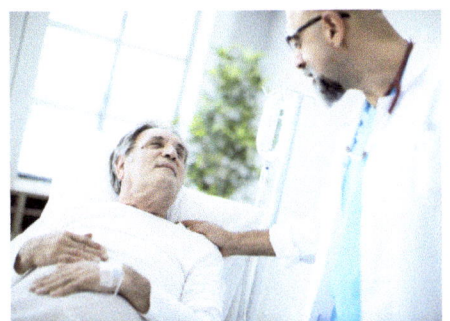

„Ja, wussten sie nicht", antwortete die Schwester, „dass ihr Nachbar ganz erblindet war, er also nicht einmal die leere Wand sehen konnte? Wahrscheinlich wollte er ihnen ein wenig Schönheit ins Leben bringen. Es war ihm eine riesige Freude, andere glücklich zu machen."

Verfasser unbekannt

Der kleine Zirkuselefant

In einem Wanderzirkus kommt ein Elefantenbaby zur Welt. Niemand im Zirkus hat Zeit sich ständig um das junge Tier zu kümmern und aufzupassen, dass es nicht davonläuft. Deshalb rammt der Wärter einen Pflock in die Erde, bindet ein Seil daran fest und befestigt das andere Ende des Seiles am Hinterbein des Elefanten. Auf diese Weise gibt er dem kleinen Elefanten einen gewissen Bewegungsfreiraum und verhindert gleichzeitig, dass er wegläuft.

Der kleine Elefant beginnt nun, sein Terrain zu sondieren und erobert die Welt, indem er so weit in alle Himmelrichtungen läuft, wie es das Seil an seinem Hinterbein zulässt. Auf diese Art und Weise entsteht mit der Zeit ein durch die Länge des Seils vorgegebener Kreis, der die Lebens- und Erfahrungswelt des Elefantenkindes darstellt.

Nach einer Weile hat der kleine Elefant alles entdeckt, was es innerhalb dieses Kreises zu entdecken gibt. Er hat außerdem die Erfahrung gemacht, dass es ihm in seinem Kreis gut geht und dass jeder Versuch, den Kreis zu verlassen, schmerzhaft ist, denn dann zerrt das Seil an seinem Hinterbein. Der kleine Elefant beschränkt sich also auf „sein Reich", in dem er sich gut auskennt und in dem es ihm an nichts zu fehlen scheint.

Nun geht die Zeit ins Land und der kleine Elefant wird groß und kräftig. Er könnte nun den Pflock mühelos aus der Erde reißen, doch in der Zwischenzeit ist etwas geschehen, das verhindert, dass er es überhaupt versucht: Als Elefantenkind hat er „gelernt". Er hat gelernt, dass es sinnlos ist, an seinem Seil zu ziehen, weil er sowieso nicht weiter wegkommt. Und er hat außerdem gelernt, dass es wehtut, wenn er versucht, „seinen" Kreis zu verlassen. Er hat kein Interesse mehr, das zu überprüfen, denn das hat er schon oft genug getan und meint nun, die Folgen zu kennen. Diese Überzeugung scheint ihm wie ein

Naturgesetz. Er richtet sich in seiner gewohnten „Komfortzone" behaglich ein, und die Welt „da draußen" scheint für ihn nicht erreichbar zu sein – ja, sie scheint nicht einmal mehr zu existieren.

Michael Fromm

Traumdeutung

Ein Sultan hatte geträumt, er verliere alle Zähne. Gleich nach dem Erwachen fragte er einen Traumdeuter nach dem Sinn dieses Traumes. „Ach, welch ein Unglück, Herr!", rief dieser händeringend aus, „Jeder verlorene Zahn bedeutet den Verlust eines deiner Angehörigen!"

„Was erlaubst du dir?", schrie ihn der Sultan wütend an, „Was wagst du mir da zu sagen? Verschwinde!" Und er gab den Befehl: „Fünfzig Stockschläge für diesen Unverschämten!" Ein anderer Traumdeuter wurde gerufen und vor den Sultan geführt. Als er den Traum gehört hatte, rief er: „Welch ein Glück! Welch ein großes Glück! Unser Herr wird alle die Seinen überleben!"

Da hellte sich des Sultans Gesicht auf, und er sagte: „Ich danke dir, mein Freud. Gehe sogleich mit meinem Schatzmeister und lasse dir von ihm 50 Goldstücke geben!"

Auf dem Weg sagte der Schatzmeister kopfschüttelnd: „Du hast den Traum des Sultans doch auch nicht anders gedeutet, als dein Kollege!" Der Traumdeute lächelte und erwiderte: „Merke dir, man kann vieles sagen, es kommt nur darauf an, wie man es sagt!"

Verfasser unbekannt

Der Hammer

Ein Mann will ein Bild aufhängen. Den Nagel hat er, nicht aber den Hammer. Er weiß, der Nachbar hat einen. Also beschließt der Mann, hinüberzugehen und ihn auszuborgen. Doch da kommt ihm ein Zweifel:

„Was, wenn der Nachbar mir den Hammer nicht leihen will? Gestern schon grüßte er mich nur so flüchtig. Vielleicht war er in Eile. Aber vielleicht war die Eile nur vorgetäuscht und er hat etwas gegen mich? Aber was? Ich habe ihm doch wirklich nichts angetan; der bildet sich da etwas ein. Wenn jemand von mir ein Werkzeug borgen wollte, ich gäbe es ihm sofort. Und warum er nicht? Wie kann man einem Mitmenschen einen so einfachen Gefallen bloß abschlagen? Leute wie dieser Kerl vergiften einem das Leben. Und dann bildet er sich noch ein, ich sei auf ihn angewiesen. Bloß weil er einen Hammer hat und ich nicht. Jetzt reicht's mir wirklich"

Und so stürmt er hinüber, läutet, der Nachbar öffnet, doch noch bevor er „Guten Tag" sagen kann, schreit ihn unser Mann an: „Behalten sie sich ihren Hammer, sie Rüpel!"

Paul Watzlawick

Das Wettrudern

Vor einiger Zeit verabredeten sich eine Deutsche und eine Japanische Firma zu einem Ruderwettbewerb mit einem Achter. Beide Mannschaften trainierten lange und hart, um ihre höchste Leistungsstufe zu erreichen. Als der große Tag kam, waren beide Mannschaften topfit, doch die Japaner gewannen das Rennen mit einem Vorsprung von einem Kilometer. Nach dieser Niederlage war die deutsche Mannschaft sehr betroffen. Die Moral war auf dem Tiefpunkt. Das deutsche oberste Management entschied unverzüglich, den Grund für diese vernichtende Niederlage herauszufinden.

Eine interne Projektgruppe aus Fachleuten verschiedener Abteilungen des deutschen Konzerns wird eingesetzt, um das Problem zu untersuchen. Nach umfangreichen Recherchen und Analysen findet man heraus, dass bei den Japanern sieben Leute rudern und ein Mann steuert, während im deutschen Team ein Mann rudert und sieben steuern.

Das Management der Deutschen engagiert sofort externe Berater, die eine Studie über die Struktur des deutschen Teams anfertigen sollen. Nach einigen Monaten und erheblichen Kosten kommen die Berater zu dem Schluss, dass zu viele Leute steuern und zu wenige rudern.

Und wieder trifft das deutsche Management nach mehreren Konferenzen und Besprechungen ohne zu zögern kompromisslos eine klare Entscheidung. Um eindeutige Zuständigkeiten zu schaffen, wird die Struktur des deutschen Teams radikal neu organisiert. Neben dem Ruderer gibt es jetzt vier Steuerleute, zwei Obersteuerleute und einen Steuerdirektor. Außerdem wird für den Ruderer ein Leistungsbewertungssystem eingeführt, um seine Motivation zu erhöhen. Der Aufsichtsrat des Konzerns gewährt daraufhin für diese strategische Entscheidung dem Management eine Sonderprämie.

Im nächsten Jahr gewinnen die Japaner mit einem Vorsprung von zwei Kilometern. Das Management macht den Ruderer dafür verantwortlich und entlässt ihn wegen schlechter Leistung. Im dritten Jahr trat das Boot der Deutschen ohne Ruderer an und bleibt demzufolge auf der Stelle liegen, während die Japaner mit Bestzeit das Ziel erreichten. Das Oberste Manage-

ment beauftragt wieder eine Beratungsfirma, die die Situation analysieren soll. Sie kommt zu folgendem Ergebnis:
Die Japaner haben nur gewonnen, weil sie gerudert haben. Ansonsten haben die Deutschen die wesentlich bessere Organisation und Strategie. Unter diesem Gesichtspunkt ist der Gewinn der Japaner nicht besonders hoch zu bewerten, da ja auch die Deutschen durch die klare Struktur der Steuerung jederzeit rudern könnten.

Verfasser unbekannt

Die Senfkörner

Eine Frau, deren Sohn tödlich verunglückt war, wusste sich in ihrer Trauer keinen Rat mehr. Sie suchte einen weisen Mann auf und fragte ihn: „Sag mir, wie kann ich meinen Sohn wieder zurückbekommen?" Der Weise antwortete ihr: „Bring mir ein Senfkorn aus einem Haus, deren Bewohner noch kein Leid kennengelernt haben! Damit kann ich deinen Schmerz löschen."

Die Frau machte sich auf die Suche nach einem solchen besonderen Senfkorn. Sie kam an ein prächtiges Haus, klopfte an und brachte ihre Bitte vor: „Ich suche ein Haus, das niemals Leid erfahren hat. Bin ich bei euch richtig? Es ist sehr wichtig für mich!" Aber die Bewohner des schönen Hauses erzählten all das Unglück, das sich bei ihnen ereignet hatte. Die Frau dachte bei sich: „Wer kann diesen unglücklichen Menschen besser helfen als ich, die ich auch so tief in Not geraten bin!" Sie blieb und tröstete. Dann machte sie sich weiter auf die Suche nach einem Haus ohne Leid. Aber wohin sie sich auch wandte, kleine Hütten, riesige Paläste, überall begegnete ihr Leid. Schließlich beschäftigte sie sich nur noch mit dem Trösten anderer Menschen, sodass sie die Suche nach dem Senfkorn und auch den weisen Mann vergaß. Ihr war auch nicht bewusst, dass sie auf diese Weise tatsächlich ihren eigenen Schmerz und die Trauer milderte.

Chinesische Legende

Der Hase und die Möhre

Vor langer Zeit lebte ein Hase am Rande eines Dorfes. An einem strahlenden Morgen entdeckte er eine saftige Möhre. Eine so große Möhre, wie er noch nie gesehen hatte. Die Rübe glänzte aber hinter einem hohen Maschendrahtzaun.
Nach Gewohnheit der Hasen versuchte er als erstes, unter dem Zaun einen Tunnel zu graben. Das Erdreich war jedoch voller spitzer Steine, so dass seine Pfoten schnell anfingen zu bluten. Und es passte gerade einmal sein Kopf in das Loch hinein. So würde er nicht zur Möhre gelangen. Der Hase wurde immer aufgeregter und versuchte nun, mit aller Kraft über den Zaun zu hüpfen. Doch der Zaun war zu hoch, der Rand blieb unerreichbar. Nun nahm der Hase Anlauf und rannte mit voller Geschwindigkeit gegen den Zaun. Kurz taumelte er, doch der Zaun blieb unversehrt. Die Möhre blieb unerreichbar.

Das wollte der Hase nicht hinnehmen. Immer wieder rannte er gegen den Zaun, mer wieder prallte er ohne folg zurück. Er tat dies so bis er tot vor dem Zaun sammenbrach.

gendwann kam ein weite-Hase des Weges. Er sah den toten Hasen und auch saftige Möhre. Aufmerksam beobachtete er das gefangene Loch unter dem Zaun, prüfte die Höhe des

Zaunes, blickte nach links, blickte nach rechts ... und sah, dass der Zaun auf dieser Seite nach drei Metern endete. Der alte Hase hoppelte also um den Zaun herum, holte sich die Möhre und aß sie auf.

Verfasser unbekannt

Der König und der Schuster

In einem Land lebte ein guter und gerechter König. Oft verkleidete er sich und ging unerkannt durch die Straßen, um zu erfahren, wie es um sein Volk stand.

Wie er so in den Straßen unterwegs ist, sieht er aus einer Hütte einen Lichtschein fallen und erkennt durch das Fenster, wie ein Mann allein an seinem zur Mahlzeit bereiteten Tisch sitzt und ist gerade dabei, den Lobpreis zu Gott über das Mahl zu singen.

Als er geendet hat, klopft der König an der Tür: „Darf ein Gast eintreten?" „Gerne", sagt der Mann „komm, mein Mahl reicht für uns beide!" Während des Mahles sprechen die beiden über dieses und jenes. Der König, welcher sich nicht zu erkennen gibt, fragt: „Wovon lebst du? Was ist dein Gewerbe?" „Ich bin Schuster" antwortete der Mann. „Jeden Morgen gehe ich mit meinem Handwerkskasten durch die Stadt und die Leute bringen mir ihre Schuhe zum Flicken auf die Straße." Der unerkannte König fragte: „Und was wird morgen sein, wenn du keine Arbeit bekommst?" „Morgen?" sagte der Schuster „Morgen? Gott sei gepriesen Tag um Tag!"

Als der Schuster am anderen Tag in die Stadt geht, sieht er überall angeschlagen: Befehl des Königs! In dieser Woche ist auf den Straßen meiner Stadt jede Flickschusterei verboten! Sonderbar, denkt der Schuster. Was doch Könige für seltsame Einfälle haben! Nun, dann werde ich heute Wasser tragen; Wasser brauchen die Leute jeden Tag. Am Abend hatte er so viel verdient, dass es für zwei Mahlzeiten reichte.

Wieder kam der König zu Gast, und sagte: „Ich hatte schon Sorge um dich, als ich die Anschläge des Königs las. Wie hast

du dennoch Geld verdienen können?" Der Schuster erzählt
von seiner Idee, Wasser für jedermann zu holen und zu tragen,
der ihn dafür entlohnen konnte. Der König fragte wieder:
„Und was wird morgen sein, wenn du keine Arbeit findest?"
Der Schuster antwortete wieder „Morgen? Gott sei gepriesen
Tag um Tag!"

Als der Schuster am anderen Tag in die Stadt geht, um wieder
Wasser zu tragen, kommen ihm Herolde entgegen, die rufen:
„Befehl des Königs! Wasser tragen dürfen nur solche, die eine
Erlaubnis des Königs haben!" Sonderbar, denkt der Schuster,
was doch Könige für seltsame Einfälle haben. Nun, dann werde
ich Holz zerkleinern und in die Häuser bringen. Er holte seine
Axt und am Abend hatte er so viel verdient, dass das Mahl
wieder für zwei bereitet war. Und wieder kam der König und
fragte: „Und was wird morgen sein, wenn du keine Arbeit findest?" „Morgen? Gott sei gepriesen Tag um Tag!"

Am anderen Morgen kam dem Schuster in der Stadt ein Trupp
Soldaten entgegen. Der Hauptmann sagte: „Du hast eine Axt.
Du musst heute im Palasthof des Königs Wache stehen. Hier
hast du ein Schwert, lass deine Axt zu Hause!" Nun musste
der Flickschuster den ganzen Tag Wache stehen und verdiente
keinen Pfennig. Abends ging er zu seinem Krämer und sagte:
„Heute habe ich nichts verdienen können. Aber ich habe heute
Abend einen Gast. Ich gebe dir das Schwert als Pfand! Gib
mir, was ich für das Mahl brauche." Als er nach Hause kam,
ging er zuerst in seine Werkstatt und fertigte ein Holzschwert
an, das genau in die Scheide passte. Der König wunderte sich,
dass auch an diesem Abend wieder das Mahl bereitet war. Der
Schuster erzählte alles und zeigte dem König verschmitzt das
Holzschwert. „Und was wird morgen sein, wenn der Hauptmann die Schwerter inspiziert?" „Morgen? Gott sei gepriesen
Tag um Tag!" sagte der Schuster wieder.

Als der Schuster am anderen Morgen den Palasthof betrat, kam
ihm der Hauptmann entgegen, an der Hand einen gefesselten

Gefangenen:
„Das ist ein Mör-
der. Du sollst ihn
hinrichten!" „Das
kann ich nicht",
rief der Schuster

voll Schrecken aus. „Ich kann keinen Menschen töten!" „Doch, du musst es tun! Es ist ein Befehl des Königs!" Inzwischen hatte sich der Palasthof mit vielen Neugierigen gefüllt, die die Hinrichtung eines Mörders sehen wollten. Der Schuster schaute in die Augen des Gefangenen. Ist das ein Mörder? Dann ging er in die Knie und rief mit lauter Stimme, so dass alle ihn hörten: „Gott, du König des Himmels und der Erde: wenn dieser Mensch ein Mörder ist und ich ihn hinrichten soll, dann mache, dass mein Schwert aus Stahl in der Sonne blitzt! Wenn aber dieser Mensch kein Mörder ist, dann mache, dass mein Schwert aus Holz ist!"

Alle Menschen schauten atemlos zu ihm hin. Er zog das Schwert, hielt es hoch - und siehe: es war aus Holz. Gewaltiger Jubel brach aus. In diesem Augenblick kam der König von der Freitreppe seines Palastes, ging geradewegs auf den Schuster zu, gab sich zu erkennen, umarmte ihn und sagte: „Von heute an, sollst du mein Ratgeber sein!"

Gregorianisches Märchen

Der Rückblick

Ein junges Paar sitzt an Silvester gemeinsam in der Stube bei Kaffee und Kuchen. Der Mann blickt auf das vergangene Jahr zurück und empört sich über dieses und jenes. Mit einem Mal fällt ihm auf, dass seine Freundin ihn gar nicht anschaut. Sie schaut in Richtung des Weihnachtsbaumes, an dem viele Kerzen die Stube gemütlich erhellen. Ihr Blick scheint wie in weite Ferne gerichtet.Irritiert bemerkt der junge Mann: „Unser Baum leuchtet dieses Jahr besonders schön." Und ergänzt: „Das brauchen wir auch, bei diesem Sauwetter."

Seine Freundin verharrt zunächst regungslos. Dann antwortet sie: „Schau mal genau hin, einige der Lichter sind erloschen.

Ich glaube, dass du so auf unser Jahr zurückblickst. Insgesamt hat es so wunderschön geleuchtet, aber du zählst nur die erloschenen Lichter auf."

Verfasser unbekannt

Loslassen und Vertrauen

Einst wanderte ein Mann durch eine prachtvolle Bergwelt. Er erfreute sich an den unbekannten Kräutern und Blumen, die sich im Gras und zwischen den Ritzen der Felsen dem Sonnenlicht entgegen reckten. So vergingen mehrere Stunden und mit einem Mal merkte der Mann, dass er sich verirrt hatte. Mit Sorge betrachtete er die Sonne, die nur noch zur Hälfte über den gegenüberliegenden Gipfel ragte. Um ihn herum wurde es still und dunkel und die Sicht reichte nur bis zur nächsten Kuppe. Zudem sah der Wald und die Wiesen doch alle recht ähnlich aus. Manchmal dachte der Mann, er hätte den Rückweg gefunden, doch jedes Mal kam er an eine charakteristische Felswand oder einen auffälligen Stein und war sich sicher, hier noch nicht vorbei gekommen zu sein.

Der Mann setzte seine Schritte sehr vorsichtig, da er nicht mehr sah, wohin er trat. Aber dennoch, plötzlich fiel er einen Abgrund hinab. Im Fallen konnte er sich an einer Wurzel festklammern, so dass er mit den Beinen in der Luft hing.
Die Wurzel schien sein Gewicht problemlos zu tragen. Er dankte allen Göttern für diesen Halt. Sein Leben war vorerst gerettet.
Doch die Nacht wurde kalt und die Finger des Mannes begannen zu schmerzen. Mit Schrecken wurde ihm gewahr, wie die linke Hand zu zittern anfing. Auch seine Schultern bereiteten ihm große Schmerzen. Der Mann flehte Gott um Hilfe an, doch die Pein wurde immer schlimmer. In der Ferne ertönte der Ruf einer Eule. Der Mann dachte mit einem Anflug unendlicher Trauer, dass dies wohl der letzte Ton war, den er auf dieser Welt hören würde. Er weinte hemmungslos. Die Wurzel

rutschte ein Stück durch seine Finger. Wie hatte er nur Kummer in dieser Welt empfinden können? Wieso hatte er nicht jede Sekunde vor Dank über das Leben jubiliert? Er würde so gerne weiterleben ...

Dann entglitt dem Mann die Wurzel völlig aus den Händen. Er fiel in die Tiefe, landete aber sofort auf einem Felsvorsprung, der sich offenkundig die ganze Zeit nur wenige Zentimeter unter ihm befunden hatte. Im Sternenlicht erkannte der Mann, dass neben ihm ein schmaler Pfad verlief. Freudig schritt er vorsichtig den engen und leicht nach unten geneigten Pfad entlang, der nach einer langgezogenen Kurve in einen gut begehbaren Wanderpfad überging. Innerhalb weniger Minuten konnte er die Lichter der ersten Häuser zwischen den Tannenzweigen erkennen.

Verfasser unbekannt

Gelassenheit

Einst fragte ein Zen-Schüler seinen Meister: „Wie schaffe ich es, mich nicht mehr über den Egoismus meiner Mitmenschen zu ärgern und gelassener zu werden?"

Der Zen-Meister antwortete: „Stell dir vor, du gehst am frühen Morgen durch einen sonnigen Park. Du spürst einen zarten Wind im Gesicht, ansonsten ist alles ruhig. Dein Blick wird von hellgrün leuchtenden Trauerweiden angezogen, deren Zweige sanft die Oberfläche eines Teiches voller Seerosen streicheln. Ein zartblauer Eisvogel gleitet über das Wasser, landet auf der Bank vor dir und stimmt sein zauberhaftes Lied an. Völlig versunken lauschst du dem Gesang des winzigen Stimmwunders. Plötzlich wirst du grob an der Schulter gerempelt.

Du starrst auf den breitschultrigen Unhold, während der Schmerz in deine Schulter schießt. Ärger flutet deinen Geist. Wie kann dieser Idiot ...“
Lächelnd schaut der Zen-Meister seinen Schüler an, der verständnisvoll nickt.
Der Meister fuhr fort: „Doch dann schaust du dem Übeltäter ins Gesicht und erkennst, dass seine Augen völlig weiß sind. Du durchschaust: Ich zürne einem Blinden und dein Zorn verschwindet. Dein Schmerz tritt in den Hintergrund, Mitleid über den Blinden kommt auf. Zudem scheint er sich auch weh getan zu haben. Du hörst seine Entschuldigung und winkst ab: Kein Problem, ist doch nichts passiert, ich hätte besser aufpassen sollen. Sie können doch nichts dafür.“
„Dies ist das Geheimnis der Gelassenheit, immer wenn dich jemand verletzt oder ärgert, denke dir, dass er blind oder taub wäre und dein Groll verzieht sich“

Zen Geschichte

Der Weise und der Diamant

Ein weiser Mann war auf einer Wanderung und fand in einem Fluss einen Stein, der so herrlich aussah, dass er ihn kurzerhand einsteckte. Am Abend hatte er den Rand eines Dorfes erreicht und ließ sich unter einem Baum nieder, um dort die Nacht zu verbringen. Kurze Zeit später kam ein Dorfbewohner angerannt sagte: „Der Stein! Der Stein! Gib mir den kostbaren Stein!“ „Welchen Stein?“ fragte der weise Mann.
„Letzte Nacht erschien mir Gott Shiva im Traum“, sagte der Dorfbewohner „und sagte mir, ich würde bei Einbruch der

Dunkelheit am Dorfrand einen weisen Mann finden, der mir einen kostbaren Stein geben würde, so dass ich für immer reich wäre."

Der weise Mann durchwühlte seinen Sack und zog seinen Stein heraus. „Wahrscheinlich meinte er diesen hier", sagte er, als er dem Mann den Stein gab. „Ich fand ihn an einem Fluss in der Nähe. Du kannst ihn natürlich haben."

Staunend betrachtete der Mann den Stein. „Es ist ein Diamant" sagte er. „Wahrscheinlich der größte Diamant der Welt und von unschätzbarem Wert." Dankbar nahm er den Diamanten und ging nach Hause, erzählte niemandem davon, auch nicht seiner Frau und versteckte den Diamanten. Die ganze Nacht wälzte er sich im Bett und konnte nicht schlafen. Er grübelte und grübelte, was er wohl mit dem Diamanten machen solle. Im Morgengrauen ging er mit dem Diamanten noch einmal zu dem Weisen Mann unter dem Baum und weckte ihn. Er sprach zu ihm „Lass mich zu dir in die Lehre gehen, ich möchte den wahren Reichtum lernen, der es dir ermöglicht, diesen Diamanten so leichten Herzens wegzugeben."

Verfasser unbekannt

Das Brot des Glücks

Es lebte einmal ein alter und weiser König. Er hatte all die Jahre hindurch sein Volk mit Liebe und Weisheit regiert. Nun fühlte er, dass seine Zeit gekommen war, und er dachte voller Sorge an das, was nach seinem Tod mit seinem Volk und seinem

Land geschehen sollte.

Da rief er seinen einzigen Sohn zu sich und sprach „Mein Sohn, meine Tage sind gezählt! Geh deshalb in die Welt hinaus und suche das Brot des Glücks, denn nur dann, wenn du deinen Untertanen das Brot des Glücks geben kannst, werden sie satt und du wirst ihnen ein guter König sein."

So ging der Prinz in die Welt hinaus und suchte das Brot des Glücks. Aber in welche Backstube er auch schaute, in welchem Laden er auch nachfragte, niemand kannte das Brot des Glücks. Der Prinz war verzweifelt und wie so dasaß, kam ein Kind des Weges und schaute ihn an: „Du hast sicher Hunger", sprach es und reichte ihm ein Stück Brot. „Da nimm, ich habe nicht mehr, aber mit dir will ich gerne teilen."

Der Prinz nahm das Brot und sogleich verschwand seine Not, als sei sie niemals dagewesen. „Das Brot des Glücks!", rief er. „Das muss das Brot des Glücks sein. Schnell, gib mir mehr davon! Wo hast du es her?"

„Das ist das Brot, das meine Mutter heute Morgen gebacken hat. Sie gab es mir, damit ich keinen Hunger zu leiden brauche. Du hattest Hunger und so teilte ich mit dir. Es ist wie jedes andere Brot, aber weil es zwischen dir und mir geteilt wurde, ist es für dich zum Brot des Glücks geworden."

Da erkannte der Prinz, wo das Brot des Glücks für alle Zeit zu finden war. Er kehrte zu seinem Vater zurück und erzählte ihm, wie er das Brot des Glücks gefunden hatte und wie es ihm geholfen hatte, mit seiner Verzweiflung fertig zu werden.

Von da an wusste der Vater, dass der Prinz, wie er selbst, das Reich mit Liebe und Weisheit regieren würde."

Verfasser unbekannt

Wie ein Weiser regiert

In einem fernen Land war es einst üblich, dass, wenn ein König starb ohne Erben zu hinterlassen, die Minister einen besonderen Palastelefanten auf die Straße ließen. Dieser Elefant fing sich, wen immer er mochte, setzte ihn auf seinen Kopf und ohne weitere Fragen wurde dieser Mann dann zum König gekrönt. Einmal fing sich der Elefant einen Sannyasin, ein wirklicher Weiser der wahren Entsagung. Er wurde mit allem Prunk und Feierlichkeit zum Hofe gebracht. Der Sannyasin war verwundert und fragte die Minister: „Was ist los? Warum habt ihr mich hergebracht?" „Mein Herr, du sollst zum König gekrönt werden. So ist es Brauch bei uns. Der Palastelefant hat dich ausgewählt." „Nein, nein, ich möchte nicht König eines Königreichs werden. Ich bin ein Sannyasin." „Bitte, enttäusche uns nicht", bettelten die Minister. Und so überredeten sie ihn den Thron zu besteigen.

Schließlich willigte der Heilige zögernd ein. Der König-Heilige interessierte sich überhaupt nicht für das, was im Königreich geschah. Trotzdem war alles gut und es herrschte Wohlstand. Der Herrscher des Nachbarreiches hörte von dem neuen König, was er war, und dachte, dies sei eine gute Gelegenheit das Königreich zu überfallen und einzunehmen.

Die Minister informierten sogleich den König-Heiligen von diesem Vorhaben. „Aber, warum möchte er unser Königreich überfallen? Was haben wir ihm denn getan?" „Wir wissen es nicht. Es gibt keinen sichtbaren Grund. Seine Armeen marschieren in unser Gebiet ein. Bitte gebe uns deinen Befehl, damit wir sie bekämpfen können." „Nein, nein. Bleibt ruhig. warum sollten wir kämpfen?" Die Minister waren verwundert. Sie wussten nicht, was sie tun sollten.

Als der feindliche Herrscher feststellte, dass die feindlichen Armeen nicht zum Kampf gekommen waren, ging er selbst zur Empfangshalle im Palast des König-Heiligen. Der König-Heilige war jedoch ziemlich uninteressiert.

Der feindliche König sprach „Ich bin gekommen, dich zu bekämpfen. Was sagst du nun?" „Was hast du denn davon? Warum willst du uns bekämpfen?" „Ich möchte dein Königreich erobern." „Oh Herrscher, dazu brauchst du doch meine Armeen nicht zu bekämpfen. Du kannst diesen Thron haben. Ich bin nur ein Sannyasin. Ich war immer ein Sannyasin. Ich gehe wieder weg. Komm, besteige diesen Thron. Von jetzt an bist du auch von diesem Königreich der Herrscher."

Der feindliche König war beschämt. Völlig verwirrt warf er sich vor den König-Heiligen, bat ihn um Verzeihung und bot ihm stattdessen sein eigenes Königreich an um in seine Lehre zu kommen. Denn er wollte auch so gelassen werden. So wurde der König- Heilige Herrscher beider Königreiche! Die Minister, die voller Ehrfurcht erstarrt waren, verstanden nun die Macht der Entsagung. Dem ganzen Land war ein Blutbad erspart geblieben und der Heilige gewann ein Königreich hinzu, ohne darum gebeten zu haben!

Nach Swami Sivananda

Das Gasthaus zu den fünf Glocken

Es war einmal ein Gasthaus, das hieß „Zum Silberstern", Der Gastwirt tat alles, um Gäste zu gewinnen - er richtete das Haus gemütlich ein, sorgte für gute Speisen und freundliche Bedienung und hielt die Preise in vernünftigen Grenzen. Trotzdem kam das Geschäft nicht so richtig in Schwung. In seiner Verzweiflung fragte er einen weisen Mann um Rat. Dieser meinte: „Ganz einfach, ändere den Namen deines Gasthauses". „Unmöglich", sagte der Gastwirt, „seit Generationen heißt es Silberstern und ist unter diesem Namen bekannt". „Nein", sagte der Weise bestimmt, „du musst es umbenennen, wähle zum Beispiel „Zu den 5 Glocken und hänge über dem Eingang 6 Glocken auf".

Der Gastwirt hielt den Rat zwar für absurd, doch in seiner Verzweiflung tat er, wie ihm geheißen. Binnen kurzer Zeit ging fast jeder Reisende, der an dem Gasthaus vorbeikam, hinein, um auf den Fehler aufmerksam zu machen. Jeder war überzeugt, dass er der erste war, der ihn bemerkt hatte. Wenn sie erst einmal in der Gaststube waren, fühlten sie sich sehr wohl und blieben gerne, um etwas zu bestellen.

Somit hatte der Weise recht behalten und der Gastwirt war fortan glücklich und zufrieden.

Anthony de Mello

Die Schlange und das Seil

In Indien, wo es viele Schlangen gibt, kam abends ein Mann nach Hause und trat in seinem Vorgarten auf eine Schlange. Schnell sprang er zur Seite, doch er merkte schon, dass ihn die Schlange gebissen hatte. Und da er wusste, dass es eine Giftschlange gewesen sein musste, rief er sofort den Priester für die letzten Ölungen und die letzten Riten. Er spürte, wie ihn seine Lebenskräfte langsam verließen.

Da kam eine alte Frau vorbei, die Dorfweise und schaute sich die Wunde an. Sie stutzte, dann nahm sie eine Lampe und ging hinaus in den Vorgarten. Und was sah sie dort? Ein Seil! Und neben dem Seil wuchs ein Dornenbusch. Als der Mann erschrocken zur Seite gesprungen war, hatte er sich an dem Busch die Wunde zugezogen und gedacht, es sei ein Schlangenbiss.
Die Frau ging wieder hinein und rief dem Mann zu: „Du stirbst nicht. Das ist kein Schlangenbiss, das war nur ein Seil da draußen. Und deine Wunde ist nur eine Dornenwunde."

Verfasser unbekannt

Die Blinden und der Elefant

Es waren einmal fünf weise Gelehrte. Sie alle waren blind. Diese Gelehrten wurden von ihrem König auf eine Reise geschickt und sollten herausfinden, was ein Elefant ist.

Und so machten sich die Blinden auf die Reise nach Indien. Dort wurden sie von Helfern zu einem Elefanten geführt. Die fünf Gelehrten standen nun um das Tier herum und versuchten, sich durch Ertasten ein Bild von dem Elefanten zu machen. Als sie zurück zu ihrem König kamen, sollten sie ihm nun über den Elefanten berichten.

Der erste Weise hatte am Kopf des Tieres gestanden und den Rüssel des Elefanten betastet. Er sprach: „Ein Elefant ist wie ein langer Arm."

Der zweite Gelehrte hatte das Ohr des Elefanten ertastet und sprach: „Nein, ein Elefant ist vielmehr wie ein großer Fächer."

Der dritte Gelehrte sprach: „Aber nein, ein Elefant ist wie eine dicke Säule." Er hatte ein Bein des Elefanten berührt.

Der vierte Weise sagte: „Also ich finde, ein Elefant ist wie eine kleine Strippe mit ein paar Haaren am Ende", denn er hatte nur den Schwanz des Elefanten ertastet.

Und der fünfte Weise berichtete seinem König: „Also ich sage, ein Elefant ist wie eine riesige Masse, mit Rundungen und ein paar Borsten darauf." Dieser Gelehrte hatte den Rumpf des Tieres berührt.

Nach diesen widersprüchlichen Äußerungen fürchteten die Gelehrten den Zorn des Königs, konnten sie sich doch nicht darauf einigen, was ein Elefant wirklich ist.

Doch der König lächelte weise: „Ich danke euch, denn ich weiß nun, was ein Elefant ist: Ein Elefant ist ein Tier mit einem Rüssel, der wie ein langer Arm ist, mit Ohren, die wie Fächer sind, mit Beinen, die wie starke Säulen sind, mit einem Schwanz, der einer kleinen Strippe mit ein paar Haaren daran gleicht und mit einem Rumpf, der wie eine große Masse mit Rundungen und ein paar Borsten ist." Die Gelehrten senkten beschämt ihren Kopf, nachdem sie erkannten, dass jeder von ihnen nur einen Teil des Elefanten ertastet hatte und sie sich zu schnell damit zufriedengegeben hatten.

Nach Mowlana

Der Schafslöwe

Es war einmal eine Löwin mit einem neugeborenen Löwenjungen. Sie war hungrig und näherte sich einer Schafsherde in der Hoffnung auf ein gutes Abendessen. Aber ein Jäger hatte dort gelauert, zielte auf sie und erschoss sie.

Das hilflose, verwirrte, schutzlose Löwenbaby erweckte das Mitleid einer Schafsmutter, die soeben ihr Schafjunges durch eine Fehlgeburt verloren hatte. So nahm die Schafsmutter das Löwenbaby als ihr Junges an und es wuchs in der Schafherde auf. Es lernte zu essen wie ein Schaf, zu blöken wie ein Schaf, wegzurennen, wenn Gefahr drohte und da es auch anders wie die anderen Schafe war, wurde es oft gehänselt.

Eines Abends kam ein anderer Löwe aus den Bergen herunter. Als die Schafe ihn witterten, blökten sie alle in panischer Angst und stoben in wilder Flucht davon. Der Berglöwe sprang mitten unter sie und richtete dadurch noch größeres Entsetzen an. Aber er interessierte sich überhaupt nicht für die Schafe, die die beste Beute für ihn gewesen wären. Das einzige, was ihn interessierte, war der Schafslöwe. Er holte ihn ein, packte ihn am Nackenfell und schüttelte ihn ein paar Mal. Der Schafslöwe war gelähmt vor Angst.

„Was machst du hier", knurrte ihn der Berglöwe scharf an.
„Mäh, mäh, mäh, ich bin nur ein kleines, schwaches Schaf, bitte tue mir nichts, sondern lass' mich zu meiner Mutter. Mäh, mäh, mäh." „Was redest du da für einen Unsinn? Wo ist denn deine Mutter?" „Da vorne läuft sie, mit der Herde. Mäh, mäh, mäh, bitte lass mich los und tu' mir nichts."

„Was suchst du hier unter den Schafen? Du, der Sohn des Königs der Tiere?" „Hör' auf zu blöken wie ein Schaf. Du bist kein Schaf, Du bist ein Löwe wie ich." „Nein, nein, ich bin ein armes kleines Schaf, bitte lass' mich jetzt los, damit ich wieder zu meiner Mutter kann."

Da packte der Löwe den Schafslöwen erneut am Schlafittchen, trug ihn zu einem kleinen See in der Nähe und hielt ihn über das Wasser. „Was siehst du da?"

Der junge Schafslöwe schaute den großen Berglöwen an, dann schaute er wieder ins Wasser. Dann bewegte er sich wieder etwas, legte den Kopf zur Seite, hob die Pfote, schaute wieder den Berglöwen an, sah jetzt auch, dass das andere Spiegelbild im Wasser größer war als seines. Und allmählich, obwohl er es anfänglich kaum glauben konnte, erkannte der kleine bisher so ängstliche und schüchterne Schafslöwe, der von den Schafen herum gestoßen worden war: „Ich bin ein Löwe. Ich bin frei. Ich bin stark." Und fortan blökte er nie mehr wie ein Schaf, sondern brüllte wie ein Löwe.

Verfasser unbekannt

Das Wasserloch in der Oase

Ein Beduine durchquerte die Wüste und er freute sich, in der Ferne eine Oase zu sehen, da seine Wasservorräte langsam zur Neige gingen. Als er in der Oase ankam, begann er sofort nach Wasser zu graben. Als nach zwei Metern immer noch kein Wasser zu finden war, beschloss er, es an einer anderen Stelle erneut zu versuchen. Wieder grub er schweißtreibend fast zwei Meter tief und die Erschöpfung war ihm schon anzusehen. Als er auch da kein Wasser fand, begann er mit letzter Kraft einen dritten Versuch. Aber nach einem Meter brach er völlig entkräftet zusammen. Ein anderer Beduine, der später ebenfalls zu der Oase kam, sah die angefangenen Löcher und begann am ersten Loch weiter zu graben. Nach einem Meter stieß er auf Wasser. Er füllte seine Wasservorräte und die des erschöpften Beduinen, schaute mitleidig zu ihm und sprach: „ Du Narr

hättest du alle deine Energie nur auf das eine Wasserloch verwendet, wäre dir der Erfolg gewiss gewesen. So aber hast du kurz vor dem Ziel aufgegeben und etwas anderes von vorn angefangen.“

Dagmar Steuer

Die Palme mit der schweren Last

Eine kleine Palme wuchs kräftig am Rande einer Oase. Eines Tages kam ein alter sehr verbitterter Beduine vorbei. Er sah die kleine Palme und konnte es nicht ertragen, dass sie so prächtig wuchs.

Er nahm einen schweren Stein und hob ihn in die Krone der Palme. Schadenfroh lachend zog er weiter. Die kleine Palme versuchte, den Stein abzuschütteln. Aber es gelang ihr nicht. Sie war verzweifelt. Da sie den Stein nicht aus ihrer Krone bekam, blieb ihr nichts anderes übrig als mit ihren Wurzeln immer tiefer in die Erde vorzudringen, um besseren Halt zu finden und nicht unter der Last zu finden und nicht unter der Last zusammenzubrechen. Schließlich kam sie mit ihren Wurzeln bis zum Grundwasser und trotz der Last in der Krone wuchs sie zur kräftigsten Palme der Oase heran.

Als nach einigen Jahren der Beduine wieder in der Oase vorbei kam, wollte er schauen, wie verkrüppelt die Palme gewachsen sei, sollte es sie überhaupt noch geben. Aber er fand keinen verkrüppelten Baum. Plötzlich bog sich die größte und kräftigste Palme der Oase zu ihm herunter und flüsterte im Wind: „Danke für den Stein, den du mir damals in die Krone gelegt hast. Deine Last hat mich stark gemacht!"

Afrikanisches Märchen

Die Weinrebe

Ein Mann war auf der Wanderung durch den dichten Dschungel. Plötzlich sprang ein Tiger aus dem Gebüsch. Der Mann rannte davon, doch das wilde Tier folgte ihm. Der Mann rannte und rannte. Er kam an eine Klippe. Dort ergriff er in seiner Verzweiflung eine wilde Weinrebe und sprang über den Rand.

Nun hing er an der Weinrebe, voller Angst. Unter ihm konnte er auch noch einen zweiten Tiger entdecken, der nach oben zu ihm hinauf fauchte und nur darauf wartete, ihn fressen zu können. Über ihm stand der andere Tiger und starrte ihn aus gelben Augen grimmig an. Die Weinrebe gab ein Stückchen nach und der Mann konnte sehen, dass sie kurz davor war, zu reißen. Dann fiel sein Blick auf eine saftige Weintraube gleich vor seiner Nase. Während er sich mit der einen Hand weiter festhielt, pflückte er sich eine Traube und steckte sie in den Mund. Wie köstlich sie schmeckte!

Verfasser unbekannt

Der Schrank des Kaisers

Ein Meisterhandwerker im alten China wurde vom Kaiser beauftragt, einen Schrank für das Schlafzimmer im kaiserlichen Palast herzustellen. Der Handwerker, ein Zen-Mönch, sagte dem Kaiser, dass er während fünf Tagen nicht in der Lage sein werde, zu arbeiten. Die Spione des Kaisers sahen, wie der Mönch die ganze Zeit dasaß und anscheinend nichts tat.

Dann, als die fünf Tage vorbei waren, stand der Mönch auf. Innerhalb dreier Tage fertigte er den außergewöhnlichsten Schrank, den je jemand gesehen hatte. Der Kaiser war so zufrieden und neugierig, dass er den Mönch zu sich kommen ließ und ihn fragte, was er während den fünf Tagen vor dem Beginn seiner Arbeit gemacht hatte. Der Mönch antwortete: „Den ganzen ersten Tag verbrachte ich damit, jeden Gedanken an Versagen, an Furcht, an Bestrafung, falls meine Arbeit dem Kaiser missfallen sollte, loszulassen. Den ganzen zweiten Tag verbrachte ich damit, jeden Gedanken an Unangemessenheit und jeden Glauben, dass mir die Fertigkeiten fehlen würden, einen dem Kaiser würdigen Schrank zu fertigen, loszulassen. Den ganzen dritten Tag verbrachte ich damit, jede Hoffnung und jedes Verlangen nach Ruhm, Glanz und Belohnung, falls ich einen Schrank fertigen sollte, der dem Kaiser gefallen würde, loszulassen. Den ganzen vierten Tag verbrachte ich damit, den Stolz, der in mir wachsen könnte, falls ich in meiner Arbeit erfolgreich sein sollte und das Lob des Kaisers empfangen würde, loszulassen. Und den ganzen fünften Tag verbrachte ich damit, im Geist die klare Vorstellung dieses Schrankes zu betrachten, in der Gewissheit, dass sogar ein Kaiser ihn sich wünschte, so wie er jetzt vor ihnen steht."

Zen- Geschichte

Die Schildkröte

Ein kleiner Junge, der auf Besuch bei seinem Großvater war, fand eine kleine Landschildkröte und ging gleich daran, sie zu untersuchen. Im gleichen Moment zog sich die Schildkröte in ihren Panzer zurück und der Junge versuchte vergebens sie mit einem Stöckchen herauszuholen.

Der Großvater hatte ihm zugesehen und hinderte ihn daran, das Tier weiter zu quälen. „Das ist falsch", sagte er, „komm ich zeige dir, wie man das macht." Er nahm die Schildkröte mit ins Haus und setzte sie auf den warmen Kachelofen. In wenigen Minuten wurde das Tier warm, steckte seinen Kopf und seine Füße heraus und kroch auf den Jungen zu.

„Menschen sind manchmal wie Schildkröten", sagte der

Großvater „Versuche niemals jemanden zu zwingen. Wärme ihn mit Güte und Mitgefühl auf und er wird seinen Panzer verlassen können."

Verfasser unbekannt

Die Luftballons

In einer Schule gab der Lehrer jedem Schüler einen Ballon und bat sie, ihren Namen darauf zu schreiben. Nachdem alle Ballons in der Schule freigelassen wurden, lagen sie alle am Boden.

Der Lehrer gab nun den Schülern die Aufgabe, den Ballon mit seinem eigenen Namen wieder zu finden und gab ihnen 5 Minuten Zeit für diese Aufgabe. Die Schüler begannen die Suche, doch in 5 Minuten fand keiner von ihnen seinen eigenen Ballon. Da sagte der Lehrer, jeder Schüler solle einen Ballon vom Boden abholen und ihn dem geben, dessen Name drauf steht.

In wenigen Minuten hatte jeder Schüler seinen eigenen Ballon.

Der Lehrer sagte daraufhin zu den Kindern: „Glück ist wie diese Ballons. Wenn du nur dein eigenes suchst, ist es schwer zu finden. Wenn wir einander helfen, ist Glück leichter zu finden."

Verfasser unbekannt

Der Esel im Brunnen

Eines Tages fiel der Esel eines armen Bauern in einen ausgetrockneten Brunnen. Der Esel schrie fürchterlich, aber dem Bauern und seinen Nachbarn gelang es einfach nicht, das Tier aus dem tiefen Schacht herauszuziehen, so ausdauernd sie es auch versuchten. Schließlich beschloss der Bauer schweren Herzens, den Esel sterben zu lassen.

Da der Schacht ohnehin zugeschüttet werden sollte, schaufelten die Männer Sand und Schutt in den Brunnen, um den alten Esel gleich im Schacht zu begraben. Als der Esel spürte, was mit ihm geschehen sollte, schrie er noch lauter als zuvor.

Nach einiger Zeit wurde es jedoch still im Brunnenschacht. Schließlich wagte es der Bauer, in das zukünftige Grab des armen Esels hinabzusehen. Er staunte nicht schlecht, denn der Esel hatte etwas Erstaunliches getan. Jede Schaufel voll Dreck, die auf seinem Fell landete, hatte er abgeschüttelt, festgetrampelt und war auf diese Weise langsam immer höher gekommen. Als die Männer weiterschaufelten, war der Boden im Brunnen nach kurzer Zeit hoch genug, dass der Esel aus eigener Kraft aus dem Loch heraussteigen und davon trotten konnte.

Verfasser unbekannt

Impressum

1. Auflage 2020

Kontakt:
Dagmar Steuer
Hoyerswerda

Satz:
Druckhaus Scholz GmbH
Pforzheimer Platz 8, 02977 Hoyerswerda

Bildnachweis:
Titelfoto - Pixabay.de
Fotos Innenseiten - Pixabay.de und Fotolia

© 2020 Steuer, Dagmar
Herstellung und Verlag: BoD – Books on Demand, Norderstedt
ISBN: 9783749499809